Sommaire

Alphonse Daudet.

Introduction

Alphonse Daudet (1840-1897)

La petite enfance dans le pays de Nîmes

La vie d'Alphonse Daudet nous est bien connue, car plusieurs de ses livres sont remplis de souvenirs personnels. Ainsi, dans *Le Petit Chose* (1868), il fait un récit à peine romancé de son enfance et de sa jeunesse. Il est né à Nîmes, le 13 mai 1840. Si donc c'est un Méridional, ce n'est pas un Provençal au sens précis du terme (la Provence ne s'étend pas à l'ouest du Rhône, où commence le Languedoc). Comme le père du *Petit Chose*, celui de Daudet possédait une usine de soieries et sa famille était riche. Malheureusement, cette prospérité ne devait pas durer. Dès l'âge de sept ans, Daudet vit les affaires de son père aller de mal en pis jusqu'au jour où la fabrique dut fermer ses portes. Monsieur Daudet ayant trouvé un emploi modeste à Lyon, toute la famille déménage. La diligence de Beaucaire, puis trois jours de bateau sur le Rhône conduisent à destination M. et Mme Daudet, Alphonse et son frère Ernest (il s'appelle Jacques dans *Le Petit Chose*). Ils s'installent au cœur du lugubre quartier des Terreaux, dans l'actuelle rue Joseph Serlin.

L'étudiant pauvre et rêveur

Daudet achève ses études primaires à la manécanterie Saint-Pierre (une école et une chorale attachées au service d'une église). Enfin, grâce à une bourse, il entre au collège où, semble-t-il, sa pauvreté le fit mal voir : « Le professeur me parla toujours du bout des lèvres d'un air méprisant. Jamais il ne m'appela par mon nom ; il disait toujours : "Hé ! Vous, là-bas, le petit Chose !" » (On comprend maintenant le titre du roman.) En fait, Daudet n'était pas un élève modèle. Il préférait souvent se promener en ville ou en barque sur la Saône plutôt que d'aller au collège et il devait écrire plus tard de fort belles pages sur les joies de l'école buissonnière ! Malgré tout, comme il était doué, il obtenait d'assez bons résultats scolaires, et dès l'âge de quinze ans, il commença à rédiger un roman et des poèmes.

Mais les difficultés d'argent de sa famille ne font que s'accroître. À tel point qu'à seize ans et demi, il doit gagner sa vie ! Il devient, pendant une année scolaire, surveillant au collège d'Alès (dans le Gard). Si on relit la première partie du *Petit Chose*, on comprend aisément que ces mois ont été la période la plus triste de sa vie. Chahuté par ses élèves, méprisé par ses collègues, abandonné par sa fiancée, il est finalement renvoyé et tente de se suicider.

Les débuts littéraires à Paris

Il va se réfugier à Paris où il retrouve son frère Ernest, « sa seconde mère », qui s'y est installé depuis quelques années. Tous deux essayent de devenir célèbres en écrivant des livres. Intelligent et beau garçon, Daudet se fait de nombreux amis dans les milieux littéraires. Il rencontre des auteurs célèbres comme Alfred de Vigny. À dix-huit ans, il publie son premier recueil de poèmes et écrit des articles pour plusieurs journaux.

De vingt à vingt-cinq ans, il est secrétaire du duc de Morny, un homme politique très influent. Mais cet emploi lui laisse beaucoup de loisirs. Il va voir les siens dans le Midi, fait un long voyage en Algérie, car les médecins craignent qu'il ne soit atteint de tuberculose. Le livre *Tartarin de Tarascon* (paru en 1882) évoque les aventures qu'il y a vécues en compagnie d'un ami très vantard, dans lequel certains ont reconnu l'écrivain Paul Arène (1843-1896) ! Il écrit aussi quelques pièces de théâtre dont on ne parle plus aujourd'hui.

L'écrivain reconnu

Après la mort du duc de Morny, il se consacre entièrement à la littérature. À vingt-sept ans, il se marie avec une jeune fille de riche famille. Il vit à Paris ou dans une propriété de la banlieue.

C'est alors, entre vingt-sept et quarante ans, qu'il écrit ses livres les plus connus : *Le Petit Chose*, les *Lettres de mon moulin* et *Tartarin de Tarascon* dont nous avons déjà parlé ; les *Contes du lundi* (1873) qui s'inspirent des événements de la guerre de 1870 ; *Tartarin sur les Alpes* (1885), *Port Tarascon* (1890) et *Jack* (1876), qui évoque une histoire triste et vraie.

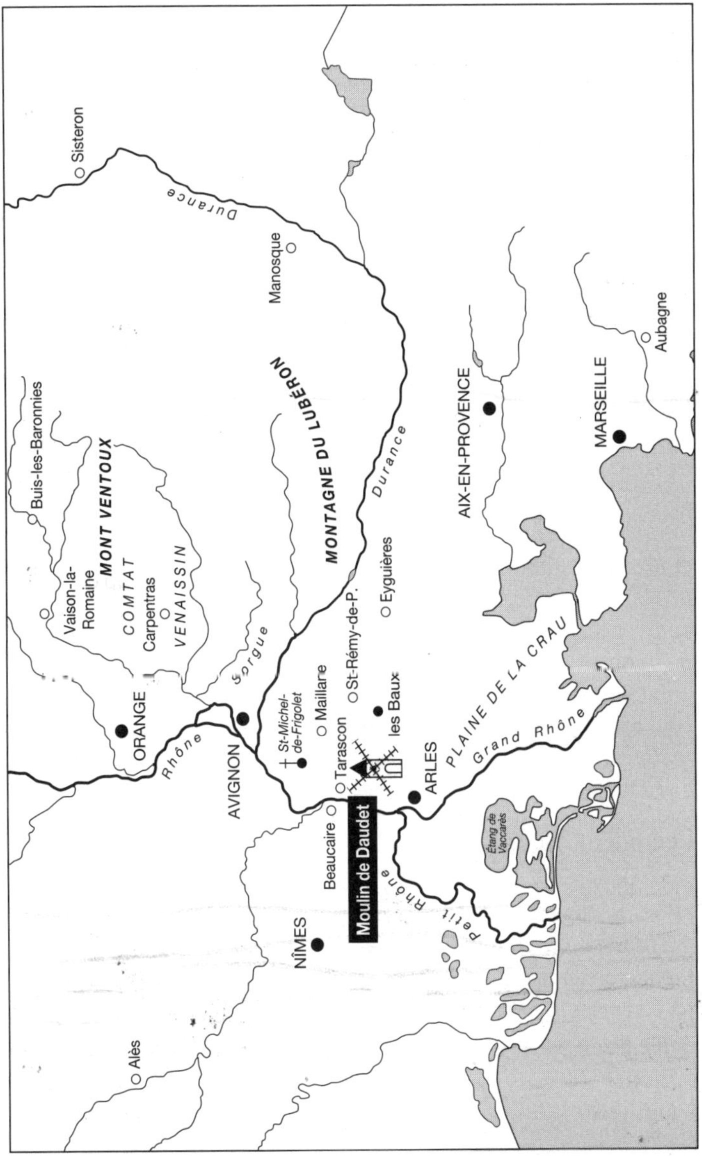
Sisteron
Durance
Manosque
Aubagne
MARSEILLE
AIX-EN-PROVENCE
MONTAGNE DU LUBÉRON
Durance
Buis-les-Baronnies
MONT VENTOUX
Vaison-la-Romaine
COMTAT
VENAISSIN
Carpentras
Eyguières
St-Rémy-de-P.
Sorgue
ORANGE
Rhône
AVIGNON
St-Michel-de-Frigolet
Maillane
les Baux
Tarascon
Beaucaire
Moulin de Daudet
ARLES
PLAINE DE LA CRAU
Grand Rhône
Étang de Vaccarès
Petit Rhône
NÎMES
Alès

À partir de 1880, à l'âge de quarante ans, atteint d'une maladie incurable, Daudet continue de publier des œuvres de moindre intérêt, mais son influence demeure très importante ; les plus grands auteurs du moment se réunissent chez lui et il conseille de jeunes écrivains… Il meurt en 1897, à l'âge de cinquante-sept ans.

Histoire des *Lettres de mon moulin*

Au retour de son voyage en Algérie en 1862 (il avait vingt-deux ans), Daudet avait séjourné quelque temps chez des amis à Fontvieille, près des Baux-de-Provence, dans les Bouches-du-Rhône. En se promenant sur la route d'Arles, il avait remarqué, au sommet d'une colline, les ruines d'un moulin à vent. Aussitôt, il se prend de tendresse pour ce décor chargé de souvenirs. Il aime tant venir rêver en ces lieux qu'il envisage un moment d'acheter le terrain. Le notaire de Fontvieille (qui est appelé Pampérigouste dans les *Lettres*) prépare même un acte de vente[1]. Mais ce document reste à l'état de projet. Pourtant, si ces lieux ne lui ont jamais appartenu, cela n'a pas empêché Daudet d'y passer de longues heures de rêverie et, sans doute, d'y composer certains de ses plus beaux textes. Le moulin – aujourd'hui restauré – est devenu le Musée Alphonse Daudet, très prisé des touristes.

C'est seulement à son retour dans la capitale que Daudet écrit les *Lettres*, qu'il fait semblant d'adresser depuis son moulin à des amis restés prisonniers de ce Paris « bruyant et noir »[2].

La rédaction des *Lettres* se situe donc au début de la période la plus active de l'écrivain. En fait, le livre n'a pas été écrit en une fois. Les *Lettres* paraissent d'abord en « feuilleton » (c'est-à-dire morceau par morceau) dans le journal *L'Événement*, puis dans *Le Figaro*, entre 1866 et 1868. Elles seront publiées en un seul volume dès 1869 ; mais à chaque édition, Daudet ajoute quelques textes, comme s'il n'était jamais satisfait de son œuvre. Il avoue que c'est son livre préféré, parce qu'il lui rappelle les plus belles heures de sa jeunesse et il l'a dédié à son épouse.

1. Voir p. 14.
2. Voir p. 20, l. 39.

Les *Lettres* portaient d'abord le titre de *Chroniques provençales* ; mais certaines évoquent la Corse ou l'Algérie. C'est donc plutôt une chronique du monde méditerranéen qui, comme toutes les autres régions de France, commence alors à être envahi par les usines, et les diverses manifestations de ce « progrès » qui inquiète Daudet. Quelques-unes de ces lettres ont été écrites en collaboration avec un jeune écrivain de Sisteron, Paul Arène qui, lui aussi, a parlé de la Provence avec des accents inimitables (voir p. 26).
Sensible et généreux, Daudet se passionnait pour les personnes ou les paysages qu'il rencontrait sur sa route et il voulait, par ses livres, faire partager ses émerveillements et ses émotions. Le lecteur jugera s'il y est parvenu ici !

Les genres littéraires des *Lettres* : de la chronique au conte

Cette vingtaine de lettres que Daudet feint d'envoyer depuis son moulin à des amis parisiens présente une grande variété de thèmes, de tonalités et de genres littéraires.
Certaines évoquent de façon réaliste des personnages et des situations que Daudet aurait pu rencontrer au cours de son séjour en Provence (« Les Vieux », « Installation ») ou dont il aurait pu entendre parler (« L'Arlésienne ») ; d'autres rappellent des souvenirs personnels, notamment ceux de son voyage en Algérie (« Les Sauterelles »).
Ces textes pourraient être qualifiés de chroniques (récit d'un événement par un de ses témoins). D'autres sont des contes où, malgré des éléments réalistes, Daudet donne libre cours à son imagination, sans souci de chronologie ni de vraisemblance historique : « La Mule du pape » par exemple se situe dans un Moyen Âge tout à fait fantaisiste.

Couverture d'une édition des *Lettres de mon moulin*, fin XIXe siècle.

En revanche, « La Légende de l'homme à la cervelle d'or » appartient au genre fantastique. Dans « Le Sous-Préfet aux champs », les animaux et la forêt elle-même se comportent comme des humains. À propos de ces textes (comme de « La Mort du Dauphin »), nous parlerions volontiers d'« apologues » : de petites histoires qui donnent à penser, à la façon, par exemple, des *Fables* de La Fontaine.

On voit au passage que si, le plus souvent, l'atmosphère de ces récits est souriante et optimiste, voire franchement comique, il arrive également qu'elle soit tragique (« L'Arlésienne », « La Diligence de Beaucaire »), pathétique (« La Mort du Dauphin ») ou mélancolique, presque romantique (« Les Étoiles »).

Le point commun entre des textes aussi variés, c'est, bien sûr, leur relative brièveté. Tous ont d'abord été publiés dans des journaux où la place est toujours limitée ! Mais, plus nettement encore, ce sont les qualités du style qui les caractérisent. La virtuosité de Daudet est telle parfois, qu'il n'hésite pas à qualifier certains d'entre eux de « poèmes (ou ballades) en prose », par exemple : « La Mort du Dauphin » ou « Le Sous-préfet aux champs ». Enfin, on pourrait dire que chacun d'eux porte la marque de sa personnalité. Souvent, il se met personnellement en scène à la première personne, évoque les sensations ou les sentiments qu'il a éprouvés... (En cela, ces textes s'apparentent bien à des lettres.) Mais, même lorsque sa présence se fait plus discrète, on sent que la personnalité de Daudet colore son récit, et c'est sans doute ce qui fait le caractère inimitable des *Lettres de mon moulin*.

Un thème : la Provence

La plupart des *Lettres de mon moulin* évoquent la Provence.

D'un point de vue administratif, la Provence correspond aux départements des Alpes-de-Haute-Provence, des Alpes-Maritimes, des Bouches-du-Rhône, du Var et du Vaucluse. (Mais elle ne comporte ni le Gard ni l'Ardèche d'où est originaire la famille de Daudet !) Géographiquement, la région rassemble des plaines (la Camargue, la Crau, le Comtat Venaissin), des régions côtières et montagneuses (les Alpilles, les Baronnies, le Ventoux...).

Ce qui fait l'unité de la Provence, outre son climat ensoleillé et sa végétation spécifique (oliviers, lavande, thym...), c'est surtout sa culture, fruit de son histoire. Dès l'Antiquité, la région s'ouvrit à la civilisation grecque. Plus tard, zone de passage pour les légions romaines, elle devint un haut lieu de civilisation latine, notamment sous l'influence de l'empereur Auguste. Nombre de villes provençales comportent, du reste, de superbes monuments antiques (Orange, Arles, Vaison-la-Romaine...).

Après la chute de l'empire romain au Ve siècle et les invasions barbares, la Provence faisait partie du Saint Empire romain germanique, mais les comtes de Provence jouissaient d'une relative autonomie. De fait, la Provence n'a été rattachée à la France qu'au XVe siècle. (Faut-il rappeler aussi que, pendant la Révolution française, c'est le défilé, à Paris, de cinq cents volontaires marseillais clamant à pleins poumons le chant de l'armée du Rhin qui vaut à notre hymne national d'être appelé *La Marseillaise* ?)

Alphonse Daudet

Lettres de mon moulin

Lettres de mon moulin

Avant-propos

En préambule à ses Lettres de mon moulin, *Daudet a placé cette parodie d'un acte de vente, tel qu'aurait pu l'établir un notaire provençal : c'est une façon pour lui de donner corps à son rêve d'être propriétaire du moulin de Fontvieille !*

« Par-devant maître Honorat Grapazi, notaire à la résidence de Pampérigouste[1],

« A comparu[2] :

« Le sieur Gaspard Mitifio, époux de Vivette Cornille[3], ménager[4] au lieu-dit des Cigalières et y demeurant :

« Lequel par ces présentes[5] a vendu et transporté sous les garanties de droit et de fait, et en franchise de toutes dettes, privilèges et hypothèques[6],

« Au sieur Alphonse Daudet, poète, demeurant à Paris, à ce[7] présent et ce acceptant,

« Un moulin à vent et à farine, sis[8] dans la vallée du Rhône, au plein cœur de Provence, sur une côte boisée de pins et de chênes verts ; étant ledit moulin abandonné depuis plus de vingt années et hors d'état de moudre, comme il appert[9] des vignes

1. Nom de localité imaginaire qui représente sans doute Fontvieille (voir *Introduction*, p. 8). Il y sera également fait allusion dans « La Mule du pape ».
2. S'est présenté. (Se dit pour une action juridique : comparaître devant un juge.)
3. Allusion à l'une des plus célèbres Lettres : « Le Secret de Maître Cornille » (voir p. 40).
4. Agriculteur, personne gérant un domaine.
5. Par ce document.
6. M. Mitifio a vendu le moulin, il en a transmis (transporté) la propriété à l'acheteur. Désormais, celui-ci en est vraiment (de fait) propriétaire aux yeux de la loi (garanties de droit). Il est dispensé (en franchise) de payer les dettes qui pourraient être attachées au moulin, mais ne peut bénéficier en revanche des avantages financiers éventuels (privilèges). Le moulin, enfin, n'est pas hypothéqué. (Une hypothèque est la garantie d'une somme que l'on a empruntée. Si la dette n'était pas remboursée, le prêteur pourrait revendiquer la propriété du bien hypothéqué.)
7. Cela : il est présent à la signature de cet acte et en accepte le contenu.
8. Situé.
9. Comme il apparaît, comme c'est évident. (Verbe *apparoir*.)

Aquarelle de Sylvain Sauvage, 1935.

sauvages, mousses, romarins, et autres verdures parasites qui lui grimpent jusqu'au bout des ailes;

« Ce nonobstant[10], tel qu'il est et se comporte, avec sa grande roue cassée, sa plate-forme où l'herbe pousse dans les briques, déclare le sieur Daudet trouver ledit moulin à sa convenance et pouvant servir à ses travaux de poésie, l'accepte à ses risques et périls, et sans aucun recours[11] contre le vendeur, pour cause de réparations qui pourraient y être faites.

« Cette vente a lieu en bloc[12] moyennant le prix convenu, que le sieur Daudet, poète, a mis et déposé sur le bureau en espèces de cours[13], lequel prix a été de suite[14] touché et retiré par le sieur Mitifio, le tout à la vue des notaires et des témoins soussignés, dont quittance[15] sous réserve[16] :

« Acte fait à Pampérigouste, en l'étude Honorat, en présence de Francet Mamaï[17], joueur de fifre[18], et de Louiset dit le Quique, porte-croix des pénitents blancs[19],

« Qui ont signé avec les parties[20] et le notaire après lecture. »

10. Malgré cela (cela ne fait pas obstacle). Le mot est plutôt utilisé aujourd'hui comme adverbe.
11. Il ne pourra pas lui faire un procès.
12. L'acheteur paie le prix en une seule fois.
13. Il utilise des pièces et billets qui sont actuellement en usage.
14. Tout de suite.
15. Attestation qu'une somme a bien été versée (cf. quittance de loyer).
16. Sous condition (que l'argent ne soit pas faux, qu'il n'ait pas été volé ou pour toute autre raison qui pourrait annuler la vente).
17. Encore une allusion au « Secret de Maître Cornille » : c'est Francet Mamaï qui raconte à Daudet l'histoire du dernier meunier à avoir travaillé dans son moulin, plus de vingt ans plus tôt. Il est évoqué aussi dans « La Mule du pape ».
18. Petite flûte au son aigu dont on joue souvent en s'accompagnant avec le grand tambourin provençal.
19. Membres d'une association religieuse qui s'adonnent à des pratiques de pénitence pour expier les péchés. Ils étaient revêtus pour les cérémonies de cagoules et de robes de différentes couleurs : pénitents blancs, pénitents noirs…
20. Les personnes qui sont concernées par l'acte juridique (ici, l'acheteur et le vendeur).

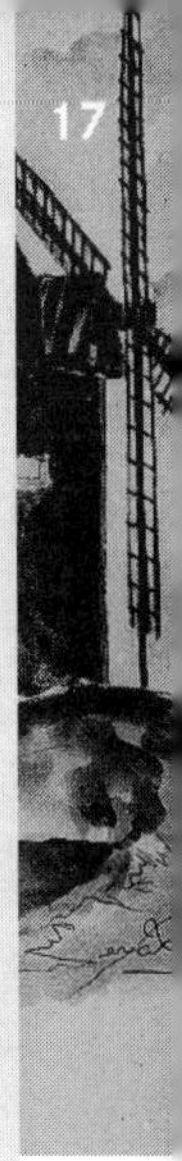

Repérer et analyser

L’avant-propos

Un avant-propos est un texte généralement bref qu’un auteur place au début d’un ouvrage. Dans l’avant-propos, l’auteur indique ses intentions ou introduit des éléments que l’on retrouvera dans l’œuvre.

1 Qui est l’auteur de cet avant-propos ?

2 Relevez les noms propres cités.

a. Lesquels désignent des lieux réels ? Dans quelle région de France sont-ils situés ?

b. Lesquels désignent des lieux imaginaires ?

c. Lesquels désignent des personnages des *Lettres de mon moulin* (aidez-vous des notes) ?

La parodie d’un acte de vente

Un acte de vente est un contrat par lequel une personne cède la propriété d’un bien qui lui appartient à une autre, en échange d’une certaine somme d’argent. L’acte de vente est un acte officiel, il se fait devant un notaire, homme de loi chargé de le valider.

3 En quoi ce texte a-t-il l’apparence d’un véritable acte de vente ? Pour répondre :
- appuyez-vous sur la mise en espace (c’est-à-dire la mise en paragraphes) ;
- relevez les expressions qui appartiennent au registre juridique signalant qui est le vendeur, qui est l’acheteur et quel est l’objet vendu.

4 La parodie

Une parodie est une imitation plaisante et moqueuse d’une œuvre sérieuse.

En quoi ce texte est-il une parodie d’un acte de vente ? Pour répondre, relevez les détails donnés concernant :
- les sentiments et les occupations de l’acheteur ;
- la description du moulin ;
- sa situation géographique.

La visée

Identifier la visée d'un énoncé, c'est identifier l'intention de l'énonciateur et l'effet qu'il cherche à produire chez son destinataire (le faire rire, susciter en lui une émotion, le convaincre, le tenir en haleine, l'inciter à lire la suite…).

5 Alphonse Daudet a-t-il vraiment acheté le moulin ? Appuyez-vous sur l'introduction pour répondre.

6 Dans quelle intention a-t-il fait précéder son ouvrage de cet acte de vente fantaisiste ? En quoi cet avant-propos justifie-t-il le titre de l'ouvrage ?

Écrire

Écrire à la manière de…

7 À la manière de Daudet, rédigez un acte de vente fantaisiste (maison, objet…). Vous utiliserez les expressions ci-dessous et ajouterez des éléments fantaisistes : « Par-devant Maître… » ; « A comparu » ; « Le sieur… » ; « Lequel par ces présentes a vendu » ; « Au sieur… » ; « Acte fait à » ; « Qui ont signé avec les parties… ».

Lettres de mon moulin

Installation

Ce sont les lapins qui ont été étonnés !... Depuis si longtemps qu'ils voyaient la porte du moulin fermée, les murs et la plate-forme[1] envahis par les herbes, ils avaient fini par croire que la race des meuniers était éteinte, et, trouvant la place bonne, ils en avaient fait quelque chose comme un quartier général[2], un centre d'opérations stratégiques[3] : le moulin de Jemmapes[4] des lapins... La nuit de mon arrivée, il y en avait bien, sans mentir, une vingtaine assis en rond sur la plate-forme, en train de se chauffer les pattes à un rayon de lune... Le temps d'entrouvrir une lucarne, frrt ! voilà le bivouac[5] en déroute, et tous ces petits derrières blancs qui détalent, la queue en l'air, dans le fourré. J'espère bien qu'ils reviendront.

Quelqu'un de très étonné aussi, en me voyant, c'est le locataire du premier, un vieux hibou sinistre, à tête de penseur, qui habite le moulin depuis plus de vingt ans. Je l'ai trouvé dans la chambre du haut, immobile et droit sur l'arbre de couche[6], au milieu des plâtras[7], des tuiles tombées. Il m'a regardé un moment avec son œil rond ; puis, tout effaré de ne pas me reconnaître, il s'est mis à faire :

« Hou ! hou ! » et à secouer péniblement ses ailes grises de poussière ; – ces diables de penseurs ! ça ne se brosse jamais... N'importe ! tel qu'il est, avec ses yeux clignotants et sa mine renfrognée[8], ce locataire silencieux me plaît encore mieux

1. Terrasse sur laquelle se dresse le moulin.
2. Lieu de réunion des officiers, d'où ils organisent une bataille.
3. La stratégie est l'art de conduire les armées.
4. En fait, c'est le moulin de Valmy. Daudet confond deux batailles gagnées par le général Dumouriez en 1792 : Jemmapes et Valmy où se trouvait effectivement un moulin.
5. Campement militaire en plein air.
6. Forte pièce de bois qui porte les ailes du moulin et transmet leur mouvement aux meules qui écrasent le grain.
7. Débris de plâtre inutilisables.
8. A l'air mécontent.

qu'un autre, et je me suis empressé de lui renouveler son bail[9]. Il garde comme dans le passé tout le haut du moulin avec une entrée par le toit ; moi je me réserve la pièce du bas, une petite pièce blanchie à la chaux, basse et voûtée comme un réfectoire de couvent.

C'est de là que je vous écris, ma porte grande ouverte, au bon soleil.

Un joli bois de pins tout étincelant de lumière dégringole devant moi jusqu'au bas de la côte. À l'horizon, les Alpilles[10] découpent leurs crêtes fines... Pas de bruit... À peine, de loin en loin, un son de fifre[11], un courlis[12] dans les lavandes, un grelot de mules sur la route... Tout ce beau paysage provençal ne vit que par la lumière.

Et maintenant, comment voulez-vous que je le regrette, votre Paris bruyant et noir ? Je suis si bien dans mon moulin ! C'est si bien le coin que je cherchais, un petit coin parfumé et chaud, à mille lieues[13] des journaux, des fiacres[14], du brouillard !... Et que de jolies choses autour de moi ! Il y a à peine huit jours que je suis installé, j'ai déjà la tête bourrée d'impressions et de souvenirs... Tenez ! pas plus tard qu'hier soir, j'ai assisté à la rentrée des troupeaux dans un mas (une ferme) qui est au bas de la côte, et je vous jure que je ne donnerais pas ce spectacle pour toutes les premières[15] que vous avez eues à Paris cette semaine. Jugez plutôt.

Il faut vous dire qu'en Provence, c'est l'usage, quand viennent les chaleurs, d'envoyer le bétail dans les Alpes. Bêtes et gens passent cinq ou six mois là-haut, logés à la belle étoile, dans l'herbe jusqu'au ventre ; puis, au premier frisson de l'automne, on redescend au mas, et l'on revient brouter

9. Contrat de location.
10. Petit massif montagneux entre le Rhône et la Durance (voir carte, p. 7).
11. Voir p. 16, note 18.
12. Oiseau échassier.
13. Une lieue représente quatre kilomètres. Daudet n'exagère-t-il pas ?
14. Voiture à cheval, ancêtre des taxis.
15. Premières représentations d'un spectacle.

bourgeoisement les petites collines grises que parfume le romarin[16]... Donc hier soir, les troupeaux rentraient.

Depuis le matin, le portail attendait, ouvert à deux battants, les bergeries étaient pleines de paille fraîche. D'heure en heure on se disait : « Maintenant ils sont à Eyguières[17], maintenant au Paradou[18]. » Puis, tout à coup, vers le soir, un grand cri : « Les voilà ! » et là-bas, au lointain, nous voyons le troupeau s'avancer dans une gloire[19] de poussière. Toute la route semble marcher avec lui... Les vieux béliers viennent d'abord, la corne en avant, l'air sauvage ; derrière eux le gros des moutons, les mères un peu lasses, leurs nourrissons dans les pattes ; – les mules à pompons rouges portant dans des paniers les agnelets d'un jour qu'elles bercent en marchant ; puis les chiens tout suants, avec des langues jusqu'à terre, et deux grands coquins de bergers drapés dans des manteaux de cadis[20] roux qui leur tombent sur les talons comme des chapes[21].

Tout cela défile devant nous joyeusement et s'engouffre sous le portail, en piétinant avec un bruit d'averse... Il faut voir quel émoi dans la maison. Du haut de leur perchoir, les gros paons vert et or, à crête de tulle, ont reconnu les arrivants et les accueillent par un formidable coup de trompette. Le poulailler, qui s'endormait, se réveille en sursaut. Tout le monde est sur pied : pigeons, canards, dindons, pintades. La basse-cour est comme folle ; les poules parlent de passer la nuit !... On dirait que chaque mouton a rapporté dans sa laine, avec un parfum d'Alpe sauvage, un peu de cet air vif des montagnes qui grise[22] et qui fait danser.

16. Plante odorante utilisée dans les sauces ou en infusion.
17. Petite ville au pied des Alpilles, à 9 km au nord-ouest de Salon.
18. Nom d'un petit village situé entre Eyguières et Fontvieille.
19. En peinture, sorte de nuage lumineux qui entoure la tête d'un personnage.
20. Étoffe de laine grossière et très résistante, semblable à la bure des moines.
21. Longue cape portée par les prêtres pour certaines cérémonies.
22. Qui enivre.

C'est au milieu de tout ce train[23] que le troupeau gagne son gîte. Rien de charmant comme cette installation. Les vieux béliers s'attendrissent en revoyant leur crèche. Les agneaux, les tout petits, ceux qui sont nés dans le voyage et n'ont jamais vu la ferme, regardent autour d'eux avec étonnement.

Mais le plus touchant encore, ce sont les chiens, ces braves chiens de berger, tout affairés après leurs bêtes et ne voyant qu'elles dans le mas. Le chien de garde a beau les appeler du fond de sa niche ; le seau du puits, tout plein d'eau fraîche, a beau leur faire signe : ils ne veulent rien voir, rien entendre, avant que le bétail soit rentré, le gros loquet poussé sur la petite porte à claire-voie, et les bergers attablés dans la salle basse. Alors seulement ils consentent à gagner le chenil, et là, tout en lapant leur écuellée de soupe, ils racontent à leurs camarades de la ferme ce qu'ils ont fait là-haut dans la montagne, un pays noir où il y a des loups et de grandes digitales[24] de pourpre pleines de rosée jusqu'au bord.

23. Agitation. **24.** Grandes fleurs en forme de doigt de gant.

Repérer et analyser

La situation d'énonciation

Identifier la situation d'énonciation, c'est dire qui est l'énonciateur (qui a produit l'énoncé), qui en est le destinataire, où, quand et dans quelles circonstances l'énoncé a été produit.

1 **a.** Relevez un passage qui montre que ce texte est une lettre.
b. Qui les pronoms « je » et « vous » désignent-ils ?

2 **a.** Dans quelle région ou ville l'énonciateur et le destinataire se trouvent-ils respectivement ?
b. En quelle saison le narrateur écrit-il cette lettre ? Appuyez-vous sur une indication précise.

3 **a.** « je vous écris » (l. 29), « je vous jure » (l. 45) : identifiez la valeur du présent utilisé.
b. Relevez les adresses au destinataire, lignes 43 à 48. Quel est l'effet produit ?

La structure et le titre de la lettre

4 Quelles sont les différentes parties de cette lettre ? Pour répondre :
- délimitez précisément les lignes consacrées aux différents « locataires » du moulin et dites qui ils sont ;
- délimitez le passage consacré à la description du paysage ;
- dites de quel événement précis le narrateur fait le récit dans les lignes 43 à 97.

5 Justifiez le titre de la lettre. Quelles sont les deux installations dont il est question ?

La description (lignes 29 à 41)

La description présente les différentes caractéristiques d'un élément (être, lieu, objet…). Elle est souvent fondée sur des notations sensorielles, c'est-à-dire qui concernent les cinq sens : vue (couleurs, lumières), ouïe (bruit, silence…), odorat (parfums, odeurs diverses), toucher (fraîcheur, tiédeur, douceur…), goût (douceur, amertume…). La description vise à donner une certaine image de l'élément décrit : image méliorative (valorisante) ou péjorative (dévalorisante).

6 À quel endroit le narrateur est-il placé pour décrire le paysage qu'il a sous les yeux ? Quels sont les éléments qui composent ce paysage ?

7 Quelle image contrastée (opposée) le narrateur donne-t-il de la Provence et de Paris ? Pour répondre :
– relevez les mots et expressions qui caractérisent les deux lieux. À quels différents sens se réfèrent-ils ?
– identifiez la forme de phrase utilisée dans le passage suivant : « Pas de bruit… À peine de loin en loin, un son de fifre, un courlis dans les lavandes, un grelot de mules sur la route » ; dites en quoi les bruits évoqués sont propres à traduire le silence.

8 Quels sentiments le narrateur exprime-t-il, d'une part par l'emploi du déterminant possessif « votre » dans l'expression « votre Paris bruyant et noir », et d'autre part par les phrases de type exclamatif ?

Le récit (lignes 48 à 97)

9 **a.** De quel lieu exact le narrateur voit-il arriver le troupeau ? Appuyez-vous sur une expression précise.
b. Dans quel ordre les animaux du troupeau sont-ils placés ? Qui ouvre et ferme la marche ?

10 **a.** Combien de temps le troupeau met-il à arriver à la ferme ? Citez le texte. D'où vient-il ?
b. Relisez les lignes 55 à 60 : relevez et analysez les procédés qui permettent de créer un effet d'attente. Appuyez-vous sur les indications temporelles et les paroles des personnages.

Le regard du narrateur

Les lapins et le hibou

11 La métaphore

> La métaphore est une figure de style qui met en relation deux éléments en fonction d'un point commun.

Analysez la métaphore présente dans le premier paragraphe. Pour répondre, dites à quoi les lapins et le moulin sont assimilés (appuyez-vous sur un champ lexical). Quel est l'effet produit ?

12 La personnification

La personnification consiste à attribuer des caractères humains à des animaux, des objets, des végétaux.

a. Relevez les expressions par lesquelles le narrateur assimile le hibou à une personne (deuxième paragraphe). Quel est l'effet produit ?
b. Quelle place le narrateur lui accorde-t-il dans le moulin ?

L'arrivée du troupeau

13 Quelle ambiance règne dans le troupeau (l. 70-71) ?

14 Quelle image le narrateur donne-t-il de la ferme et de l'arrivée du troupeau (l. 54 à 97) ? Pour répondre, appuyez-vous sur :
- un relevé des notations sensorielles ;
- l'expression « gloire de poussière » (l. 60) que vous expliquerez.

15 Dans les lignes 67 à 97, montrez que le narrateur prête des sentiments humains aux animaux. Pour répondre, dites :
- quel accueil est réservé au troupeau ; citez des termes précis (l. 70 à 80) ;
- quels sentiments éprouvent les animaux qui rentrent au mas (l. 82 à 85) ;
- quelle image est donnée des chiens de berger : à quelles différentes tentations résistent-ils ? Quelle est leur principale qualité ?

La visée

16 Au terme de votre analyse, dites :
- quelle image le narrateur donne de la Provence et quels sentiments il cherche à susciter chez son destinataire ;
- quels passages témoignent de l'humour du narrateur.

Écrire

Écrire une lettre

17 Racontez dans une lettre que vous écrivez à un(e) ami(e) l'arrivée d'un personnage ou d'un groupe très attendu. Présentez les circonstances, l'attente, l'arrivée.

Enquêter

Les moulins à vent et la Provence

18 Recherchez des informations sur les moulins à vent.

19 Faites une recherche sur la flore et la faune provençale.

Découvrir les écrivains de la Provence

Paul Arène, *La Roue du moulin*

Sous la plume de Paul Arène (1843-1896), un grand ami de Daudet, voici une autre histoire de moulin et de troupeau.

Deux jeunes gens projettent de se marier. C'est avec un peu de convoitise que la famille du jeune homme visite le moulin du grand-père de la fiancée : sans le dire, on vient apprécier la valeur du futur héritage !

... Aussitôt arrivés, on voulut avant tout visiter le moulin, principal héros de la fête, et dès lors tout devint charmant.

Il semblait vraiment que le moulin se rendît, ce jour-là, compte de son importance.

Jamais la grand'roue[1] aux mousses couleur d'émeraude n'avait fait jaillir de meilleur cœur le bouquet de ses perles d'eau ; jamais, dans un tic-tac plus régulier, ne s'étaient envolés nuages de plus odorante farine. Tout en tenant l'œil[2] à la meule, le vieux meunier, rajeuni pour la circonstance, célébrait non sans éloquence les mérites de son moulin.

De moulin comme celui-là, il n'y en a plus ou il n'y en a guère. Avec les autres, on n'est jamais tranquille : c'est le barrage qui s'en va, la prise d'eau[3] qu'une inondation emporte ! Et j'oublie ceux-là qui ne peuvent marcher ni l'été ni l'hiver, l'hiver à cause de la glace, l'été à cause de la sécheresse.

1. Il s'agit d'un moulin à eau. En coulant, celle-ci fait tourner une roue qui communique son mouvement aux meules qui écrasent le grain.
2. En surveillant.
3. Petit canal qui conduit l'eau à la roue.

Ici, nul besoin de barrage ni de prise d'eau. La source suffit pour que le moulin tourne à fil[4], toujours tiède, toujours étale, sans jamais tarir ni geler.
Cependant le moulin, sous le flot de grains d'or tombant de la trémie[5], ronronnait doucement, comme s'il eût compris.
Un moulin, le roi des moulins !...
Déjà la confiance éclairait les yeux jusque-là indécis[6] un peu du beau-père, et Siffrein riait à sa belle, et la belle riait à Siffrein. Un moulin de toute saison, un vaillant moulin que rien n'arrête !...
Soudain le moulin s'arrêta.
Ah ! mon pauvre Siffrein, où s'en va ton mariage ? Voilà que la fiancée pleure et que le beau-père fronce le sourcil.
C'est sans doute un simple accident ! Quelque chose qui se sera dérangé dans la grand'roue !
Mais rien, hélas ! ne s'est dérangé dans la grand'roue. Secouant ses mousses qui semblent pleurer, elle se balance encore, ruisselante. Seulement la vanne[7] s'égoutte, la vanne a cessé de couler.
On a vu comme cela des sources disparaître sous terre subitement. Et les visages s'attristent déjà rien qu'à l'idée du malheur irréparable.
Le vieux meunier jure les mille dieux ; Siffrein se révolte et proteste : « Non ! c'est plutôt quelque perdu ou quelque échappé de galère qui, par malice et jalousie, aura bouché, crevé les conduits. Courons d'abord jusqu'à la "serve"[8]. »
Et tout le monde le suivant, tout le monde, même le notaire, nous nous mettons à remonter le petit ruisselet si gazouilleur naguère parmi son tapis de cresson, et dans le lit duquel maintenant plus rien ne murmure.
Soudain, nous entendons Siffrein :
« À l'aide ! au secours ! à la garde ! Je tiens les gaillards qui ont fait le coup. »

4. Au fil de l'eau : aussi régulièrement que le ruisseau lui-même.
5. Sorte d'entonnoir qui fait tomber le grain entre les meules.
6. Hésitant : il se demande encore si le mariage sera « une bonne affaire » !
7. Une sorte de petite écluse qui arrête l'eau dans une rigole. Ici, c'est la rigole elle-même.
8. La source qui est au service du moulin (*serva* en latin : esclave, servante).

Cependant sa voix est joyeuse ; ses gestes effarés s'accentuent d'un bon rire :

« Arrivez ! mais arrivez donc !... »

Et savez-vous ce qu'il nous montre ?

Le long du bief [9], vers l'endroit où traverse le chemin romain que suivent les bergers lorsqu'ils vont aux Alpes, il nous montre buvant en ordre, par escouades[10], sous la surveillance des chiens, avec ses grands boucs d'avant-garde, ses baudets porteurs de bagages, un de ces interminables troupeaux transhumants dont l'effectif dépasse parfois jusqu'à mille et deux mille têtes.

Mon professeur m'avait appris que l'armée de Xerxès[11], en se désaltérant, tarissait les fleuves.

Je ne trouvais donc pas étonnant qu'un troupeau de moutons eût suffi pour arrêter ainsi quelques minutes, dans son cours, cette source de Font-Frédière, orgueil et richesse des Siffrein.

Mais, entre-temps, les bergers sifflèrent, les chiens poussèrent des abois, les boucs et les baudets firent retentir leurs sonnailles[12]...

Dans un nuage de poussière, le troupeau était reparti.

L'émotion passée, tous les cœurs étant à la joie et comme il fallait enfin déjeuner, on s'empressa de redescendre : l'eau courut plus vite que nous.

Contes et Nouvelles de Provence (Nelson), Presses Pocket, n° 1258.

9. Canal qui conduit l'eau au moulin.
10. Petits groupes de soldats.
11. Roi de Perse qui essaya de conquérir la Grèce avec une immense armée. Il fut vaincu à Salamine (480 avant Jésus-Christ).
12. Clochettes fixées au cou des animaux.

La Diligence de Beaucaire[1]

C'était le jour de mon arrivée ici. J'avais pris la diligence de Beaucaire, une bonne vieille patache[2] qui n'a pas grand chemin à faire avant d'être rendue chez elle, mais qui flâne tout le long de la route, pour avoir l'air, le soir, d'arriver de très loin. Nous étions cinq sur l'impériale[3] sans compter le conducteur.

D'abord un gardien de Camargue[4], petit homme trapu, poilu, sentant le fauve, avec de gros yeux pleins de sang et des anneaux d'argent aux oreilles ; puis deux Beaucairois, un boulanger et son gindre[5], tous deux très rouges, très poussifs[6], mais des profils superbes, deux médailles romaines à l'effigie de Vitellius[7]. Enfin, sur le devant, près du conducteur, un homme... non ! une casquette, une énorme casquette en peau de lapin, qui ne disait pas grand-chose et regardait la route d'un air triste.

Tous ces gens-là se connaissaient entre eux et parlaient tout haut de leurs affaires, très librement. Le Carmaguais racontait qu'il venait de Nîmes, mandé[8] par le juge d'instruction pour un coup de fourche donné à un berger. On a le sang vif en Camargue... Et à Beaucaire donc ! Est-ce que nos deux Beaucairois ne voulaient pas s'égorger à propos de la Sainte Vierge ? Il paraît que le boulanger était d'une paroisse[9] depuis

1. Petite ville sur la rive droite du Rhône, face à Tarascon. (Voir carte, p. 7.)
2. Vieille diligence inconfortable.
3. Le toit de la diligence qui comporte des sièges pour le conducteur et quelques passagers.
4. Ou *gardian* : berger à cheval qui garde les troupeaux de taureaux et de chevaux à demi sauvages, en Camargue.
5. Gendre (prononciation provençale).
6. Essoufflés.
7. L'effigie de l'empereur Vitellius (15-69 après J.-C.) se trouve sur les pièces de monnaie. (Il avait un gros visage joufflu, mais un profil... impérial !)
8. Convoqué.
9. Secteur géographique autour d'une église dépendant du même curé.

longtemps vouée à la Madone[10], celle que les Provençaux appellent la bonne mère et qui porte le petit Jésus dans ses bras; le gindre, au contraire, chantait au lutrin[11] d'une église toute neuve qui était consacrée à l'Immaculée Conception[12], cette belle image souriante qu'on représente les bras pendants, les mains pleines de rayons. La querelle venait de là. Il fallait voir comme ces deux bons catholiques se traitaient, eux et leurs madones:

« Elle est jolie, ton immaculée!

– Va-t'en donc avec ta bonne mère!

– Elle en a vu de grises[13], la tienne, en Palestine!

– Et la tienne, hou! la laide! Qui sait ce qu'elle n'a pas fait... Demande plutôt à saint Joseph[14]. »

Pour se croire sur le port de Naples, il ne manquait plus que de voir luire les couteaux, et ma foi, je crois bien que ce beau tournoi théologique[15] se serait terminé par là si le conducteur n'était pas intervenu.

« Laissez-nous donc tranquilles avec vos madones, dit-il en riant aux Beaucairois: tout ça, c'est des histoires de femmes, les hommes ne doivent pas s'en mêler. »

Là-dessus, il fit claquer son fouet d'un petit air sceptique[16] qui rangea tout le monde de son avis.

La discussion était finie; mais le boulanger, mis en train, avait besoin de dépenser le restant de sa verve[17], et, se tournant vers la malheureuse casquette, silencieuse et triste dans son coin, il lui dit d'un air goguenard[18]:

« Et ta femme, à toi, rémouleur[19]... Pour quelle paroisse tient-elle? »

10. La Vierge Marie.
11. Pupitre sur lequel on place les livres.
12. Autre nom pour la Vierge Marie.
13. Elle a eu des aventures.
14. Le mari de la Vierge Marie.
15. La théologie est l'étude des questions religieuses.
16. Qui a des doutes (en matière religieuse notamment).
17. Avait besoin de satisfaire son envie de parler.
18. Moqueur.
19. Aiguiseur de couteaux ou de tout autre objet tranchant.

Il faut croire qu'il y avait dans cette phrase une intention très comique, car l'impériale tout entière partit d'un gros éclat de rire... Le rémouleur ne riait pas, lui. Il n'avait pas l'air d'entendre. Voyant cela, le boulanger se tourna de mon côté :

« Vous ne la connaissez pas sa femme, monsieur ? Une drôle de paroissienne[20], allez ! Il n'y en a pas deux comme elle dans Beaucaire. »

Les rires redoublèrent. Le rémouleur ne bougea pas ; il se contenta de dire tout bas, sans lever la tête :

« Tais-toi, boulanger. »

Mais ce diable de boulanger n'avait pas envie de se taire, et il reprit de plus belle :

« Viédase[21], le camarade n'est pas à plaindre d'avoir une femme comme celle-là... Pas moyen de s'ennuyer un moment avec elle... Pensez donc ! une belle qui se fait enlever tous les six mois, elle a toujours quelque chose à vous raconter quand elle revient... C'est égal[22], c'est un drôle de petit ménage... Figurez-vous, monsieur, qu'ils n'étaient pas mariés depuis un an, paf ! voilà la femme qui part en Espagne avec un marchand de chocolat.

« Le mari reste seul chez lui à pleurer et à boire... Il était comme fou. Au bout de quelque temps, la belle est revenue dans le pays, habillée en Espagnole, avec un petit tambour à grelots. Nous lui disions tous :

« Cache-toi ; il va te tuer. »

« Ah ! ben oui, la tuer... Ils se sont remis ensemble bien tranquillement, et elle lui a appris à jouer du tambour de basque[23]. »

Il y eut une nouvelle explosion de rires. Dans son coin, sans lever la tête, le rémouleur murmura encore :

« Tais-toi, boulanger. »

20. Qui dépend d'une paroisse.
21. Juron provençal intraduisible (littéralement : Sexe d'âne !).
22. Ça ne fait rien.
23. Tambourin à grelots.

Le boulanger n'y prit pas garde et continua :

« Vous croyez peut-être, monsieur, qu'après son retour d'Espagne la belle s'est tenue tranquille... Ah ! mais non... Son mari avait si bien pris la chose ! Ça lui a donné envie de recommencer... Après l'Espagnol, ç'a été un officier, puis un marinier du Rhône, puis un musicien, puis un... Est-ce que je sais ? Ce qu'il y a de bon, c'est que chaque fois c'est la même comédie. La femme part, le mari pleure ; elle revient, il se console. Et toujours on la lui enlève, et toujours il la reprend... Croyez-vous qu'il a de la patience, ce mari-là ! Il faut dire aussi qu'elle est crânement jolie[24], la petite rémouleuse... un vrai morceau de cardinal[25], vive, mignonne, bien roulée ; avec ça, une peau blanche et des yeux couleur de noisette qui regardent toujours les hommes en riant... Ma foi ! mon Parisien, si vous repassez jamais par Beaucaire...

– Oh ! tais-toi, boulanger, je t'en prie... » fit encore une fois le pauvre rémouleur avec une expression de voix déchirante.

À ce moment, la diligence s'arrêta. Nous étions au mas des Anglores. C'est là que les deux Beaucairois descendaient, et je vous jure que je ne les retins pas... Farceur de boulanger ! Il était dans la cour du mas qu'on l'entendait rire encore.

Ces gens-là partis, l'impériale sembla vide. On avait laissé le Camarguais à Arles ; le conducteur marchait sur la route à côté de ses chevaux... Nous étions seuls là-haut, le rémouleur et moi, chacun dans notre coin, sans parler. Il faisait chaud ; le cuir de la capote[26] brûlait. Par moments, je sentais mes yeux se fermer et ma tête devenir lourde ; mais impossible de dormir. J'avais toujours dans les oreilles ce « Tais-toi, je t'en prie », si navrant et si doux... Ni lui non plus, le pauvre homme !

24. « Drôlement » jolie.
25. Un morceau de choix (digne d'un cardinal).
26. La bâche qui recouvre l'impériale.

Aquarelle de Sylvain Sauvage, 1935.

il ne dormait pas. De derrière, je voyais ses grosses épaules frissonner, et sa main – une longue main blafarde[27] et bête –, trembler sur le dos de la banquette, comme une main de vieux. Il pleurait…

« Vous voilà chez vous, Parisien ! » me cria tout à coup le conducteur ; et du bout de son fouet il me montrait ma colline verte avec le moulin piqué dessus comme un gros papillon.

Je m'empressai de descendre. En passant près du rémouleur, j'essayai de regarder sous sa casquette ; j'aurais voulu le voir avant de partir. Comme s'il avait compris ma pensée, le malheureux leva brusquement la tête, et, plantant son regard dans le mien :

« Regardez-moi bien, l'ami, me dit-il d'une voix sourde, et si un de ces jours vous apprenez qu'il y a eu un malheur à Beaucaire, vous pourrez dire que vous connaissez celui qui a fait le coup. »

C'était une figure éteinte et triste, avec de petits yeux fanés. Il y avait des larmes dans ces yeux, mais dans cette voix il y avait de la haine. La haine, c'est la colère des faibles !… Si j'étais la rémouleuse, je me méfierais…

27. Très pâle.

Repérer et analyser

La situation d'énonciation

1 Qui est le narrateur ? Comment le conducteur de l'impériale l'appelle-t-il (l. 114) ?

La scène évoquée

Le cadre

2 La scène évoquée s'est-elle déroulée avant ou après la rentrée des troupeaux au mas (voir le texte précédent) ? Justifiez votre réponse.

3 **a.** Dans quel lieu précis la scène se déroule-t-elle ?

b. Quel est le trajet effectué ? Aidez-vous de la carte, p. 7.

Les personnages

4 **a.** Qui sont les personnages en présence (l. 1 à 97) ? Précisez leur origine géographique, leur profession, leur apparence physique. Appuyez-vous sur le texte et répondez sous forme de tableau.

b. Quels sont les personnages qui se connaissent ?

Les dialogues

5 Quel est le sujet de discussion entre le boulanger et son gendre ? Identifiez leur niveau de langage. La discussion est-elle violente ?

6 **a.** Quelles informations le boulanger fournit-il sur la femme du rémouleur et sur sa vie de couple ?

b. À qui fournit-il ces informations ? Justifiez votre réponse.

7 **a.** Quel ton le boulanger adopte-t-il à l'égard du rémouleur ? Que lui reproche-t-il ?

b. Quelles sont les réactions de l'assistance ? Appuyez-vous sur le texte pour répondre.

Le personnage du rémouleur

8 Dans quelle situation le rémouleur se trouve-t-il par rapport aux autres personnages ?

9 **a.** Relevez les notations qui au fil du texte décrivent ses réactions et son attitude. Quelle image est donnée de lui ?

b. Quel est le seul personnage auquel il s'adresse ? Pour quelle raison ?

10 **a.** Pour quelle raison le rémouleur a-t-il toujours pardonné à sa femme ?
b. Quel sens donnez-vous à sa dernière réplique ?

Le regard du narrateur

11 Quel regard le narrateur porte-t-il sur le boulanger (l. 98 à 101) ?

12 **a.** Quelle est la phrase prononcée par le rémouleur qui a marqué le narrateur ? Pour quelle raison ?
b. Relevez les termes par lesquels le narrateur désigne le rémouleur (l. 109 à 129). Quels sentiments éprouve-t-il à son égard après le départ du boulanger et une fois qu'il a quitté la diligence ?

La visée

13 « On a le sang vif en Camargue… Et à Beaucaire donc ! » (l. 19-20) : en quoi cette lettre illustre-t-elle cette réflexion du narrateur ?

Écrire

Écrire un dialogue

14 Imaginez une autre fin à la lettre : le rémouleur se met à parler avec le narrateur. Que lui dirait-il de sa femme et des sentiments qu'il éprouve pour elle ? Écrivez le dialogue.

Étudier la langue

La grammaire

15 Quel est le sens de la préposition « de » dans l'expression « La diligence de Beaucaire » ? Pour vous aider, appuyez-vous sur le texte lignes 102-103 et 114, et sur la carte p. 7.

Découvrir les écrivains de la Provence

Marcel Pagnol, *La Femme du Boulanger*

On oublie souvent que Marcel Pagnol (1895-1974) ne fut pas seulement un écrivain, mais aussi un metteur en scène pour le cinéma. Le film *La Femme du Boulanger* (1938) est sans doute son chef-d'œuvre. Le scénario lui en a été inspiré par un conte de Jean Giono (voir page 73).

Dans un village de Provence, la femme du boulanger, la jolie Aurélie, s'est enfuie du domicile conjugal pour aller vivre avec un berger. Désespéré, son mari n'a plus le courage de faire du pain. Aussi, tous les habitants du village se mobilisent-ils pour convaincre l'infidèle de rentrer à la maison !

À son retour, son mari n'a pas un mot de reproche à son égard, mais il parvient cependant à lui faire comprendre ce qu'il a éprouvé en son absence.

AURÉLIE

Tu sais tout ?

LE BOULANGER

Moi. Oui. Tout ce qui concerne le pain. Et ça me suffit. Je ne veux savoir rien d'autre. À quoi ça me servirait ?

AURÉLIE

À ne pas être ridicule.

LE BOULANGER

(Il se relève, il fait un pas vers elle. Il est tout pâle.)
Tu ne veux pas que je sois ridicule ?

AURÉLIE

Non.

LE BOULANGER

C'est la première et la seule parole d'amour que tu m'aies dite... Alors, je ne sais plus quoi faire.

(Il reste là, et au bout de ses bras ballants, pendent ses grosses mains, que la pâte épaissit encore. Et, tout à coup, il tourne la tête vers la petite porte qui conduit à la cave : par la chatière, la chatte noire, la Pomponnette, vient d'entrer. Le boulanger la regarde un instant, et il prend un air sévère.)

LE BOULANGER

Ah ! Te voilà, toi ? *(À sa femme.)* Regarde, la voilà, la Pomponnette... Garce, salope, ordure, c'est maintenant que tu reviens ? Et le pauvre Pompon, dis, qui s'est fait un mauvais sang d'encre pendant ces trois jours ! Il tournait, il virait, il cherchait dans tous les coins... Plus malheureux qu'une pierre, il était... *(À sa femme.)* Et elle, pendant ce temps-là avec son chat de gouttières... Un inconnu, un bon à rien... Un passant du clair de lune... Qu'est-ce qu'il avait, dis, de plus que lui ?

AURÉLIE

(Elle baisse la tête.) Rien.

LE BOULANGER

Toi, tu dis : « Rien. » Mais elle, si elle savait parler, ou si elle n'avait pas honte – ou pas pitié du vieux Pompon – elle me dirait : « Il était plus beau. » Et qu'est-ce que ça veut dire, beau ? Qu'est-ce que c'est, cette petite différence de l'un à l'autre ? Tous les Chinois sont pareils, tous les nègres se ressemblent, et parce que les lions sont plus forts que les lapins, ce n'est pas une raison pour que les lapines leur courent derrière en clignant de l'œil. *(À la chatte, avec amertume.)* Et la tendresse alors, qu'est-ce que tu en fais ? Dis, ton berger de gouttières, est-ce qu'il se réveillait, la nuit, pour te regarder dormir ? Est-ce que si tu étais partie, il aurait laissé refroidir son four, s'il avait été boulanger ? *(La chatte, tout à coup, s'en va tout droit vers une assiette de lait qui était sur le rebord du four, et lape tranquillement.)* Voilà. Elle a vu l'assiette de lait, l'assiette du pauvre Pompon. Dis, c'est pour ça que tu reviens ? Tu as eu faim et tu as eu froid ?... Va, bois-lui son lait, ça lui fait plaisir... Dis, est-ce que tu repartiras encore ?

AURÉLIE

Elle ne repartira plus...

LE BOULANGER, *à la chatte, à voix basse.*

Parce que, si tu as envie de repartir, il vaudrait mieux repartir tout de suite : ça serait sûrement moins cruel...

AURÉLIE

Non, elle ne repartira plus... Plus jamais...

Marcel Pagnol, *La Femme du Boulanger*, éd. Pastorelly.
Site marcel-pagnol.com

Raimu et Ginette Leclerc dans *La Femme du Boulanger* de Marcel Pagnol, 1938.

Lettres de mon moulin

Le Secret de Maître Cornille

Francet Mamaï, un vieux joueur de fifre[1], qui vient de temps en temps faire la veillée[2] chez moi, en buvant du vin cuit, m'a raconté l'autre soir un petit drame de village dont mon moulin a été témoin il y a quelque vingt ans. Le récit du bonhomme m'a touché, et je vais essayer de vous le redire tel que je l'ai entendu.

Imaginez-vous pour un moment, chers lecteurs, que vous êtes assis devant un pot de vin tout parfumé, et que c'est un vieux joueur de fifre qui vous parle.

Notre pays, mon bon monsieur, n'a pas toujours été un endroit mort et sans refrains comme il est aujourd'hui. Auparavant, il s'y faisait un grand commerce de meunerie[3], et, dix lieues à la ronde, les gens des *mas*[4] nous apportaient leur blé à moudre... Tout autour du village, les collines étaient couvertes de moulins à vent. De droite et de gauche, on ne voyait que des ailes qui viraient au mistral[5] par-dessus les pins, des ribambelles de petits ânes chargés de sacs, montant et dévalant le long des chemins; et toute la semaine c'était plaisir d'entendre sur la hauteur le bruit des fouets, le craquement de la toile et le *Dia hue*[6] ! des aides-meuniers... Le dimanche nous allions aux moulins, par bandes. Là-haut, les meuniers payaient le muscat. Les meunières étaient belles comme des reines, avec leurs fichus de dentelles et leurs croix d'or. Moi, j'apportais mon fifre, et jusqu'à la noire nuit on dansait des

1. Voir p. 16 note 18.
2. Passer la veillée avec moi.
3. Industrie qui consiste à moudre le blé pour en faire de la farine.
4. Prononcer « masse ». Une ferme provençale.
5. Vent du Nord en Provence, par opposition à la tramontane, vent d'Est.
6. « Dia » : cri des charretiers pour faire aller leur bête à gauche. Au contraire, « hue ! » fait aller la bête à droite. D'où l'expression « tirer à hue et à dia » : ne pas arriver à se mettre d'accord.

farandoles[7]. Ces moulins-là, voyez-vous, faisaient la joie et la richesse de notre pays.

Malheureusement, des Français de Paris eurent l'idée d'établir une minoterie[8] à vapeur, sur la route de Tarascon. Tout beau, tout nouveau ! Les gens prirent l'habitude d'envoyer leurs blés aux minotiers, et les pauvres moulins à vent restèrent sans ouvrage. Pendant quelque temps ils essayèrent de lutter, mais la vapeur fut la plus forte, et l'un après l'autre, *pécaïre*[9] ! ils furent tous obligés de fermer... On ne vit plus venir les petits ânes... Les belles meunières vendirent leurs croix d'or... Plus de muscat ! Plus de farandole !... Le mistral avait beau souffler, les ailes restaient immobiles... Puis, un beau jour, la commune fit jeter toutes ces masures[10] à bas, et l'on sema à leur place de la vigne et des oliviers.

Pourtant, au milieu de la débâcle[11], un moulin avait tenu bon et continuait de virer courageusement sur sa butte[12], à la barbe des minotiers. C'était le moulin de maître Cornille, celui-là même où nous sommes en train de faire la veillée en ce moment.

Maître Cornille était un vieux meunier, vivant depuis soixante ans dans la farine et enragé pour son état[13]. L'installation des minoteries l'avait rendu comme fou. Pendant huit jours, on le vit courir par le village, ameutant[14] le monde autour de lui et criant de toutes ses forces qu'on voulait empoisonner la Provence avec la farine des minotiers. « N'allez pas là-bas, disait-il ; ces brigands-là, pour faire le pain, se servent de la vapeur, qui est une invention du diable, tandis que moi je travaille avec le mistral et la tramontane, qui sont la

7. Danse au cours de laquelle on court en se donnant la main.
8. Usine pour moudre le grain.
9. Ou peuchère : le (la, ou les) pauvre(s), hélas !
10. Maison en très mauvais état.
11. La ruine.
12. Colline.
13. Passionné par son métier.
14. Rassemblant en criant.

respiration du bon Dieu... » Et il trouvait comme cela une foule de belles paroles à la louange des moulins à vent, mais personne ne les écoutait.

Alors, de male[15] rage, le vieux s'enferma dans son moulin et vécut tout seul comme une bête farouche. Il ne voulut pas même garder près de lui sa petite-fille Vivette, une enfant de quinze ans, qui, depuis la mort de ses parents, n'avait plus que son grand[16] au monde. La pauvre petite fut obligée de gagner sa vie et de se louer[17] un peu partout dans les *mas*, pour la moisson, les magnans[18] ou les olivades[19]. Et pourtant son grand-père avait l'air de bien l'aimer, cette enfant-là. Il lui arrivait souvent de faire ses quatre lieues[20] à pied par le grand soleil pour aller la voir au *mas* où elle travaillait, et quand il était près d'elle, il passait des heures entières à la regarder en pleurant...

Dans le pays on pensait que le vieux meunier, en renvoyant Vivette, avait agi par avarice; et cela ne lui faisait pas honneur de laisser sa petite-fille ainsi traîner d'une ferme à l'autre, exposée aux brutalités des *baïles*[21] et à toutes les misères des jeunesses en condition[22]. On trouvait très mal aussi qu'un homme du renom de maître Cornille, et qui, jusque-là, s'était respecté[23], s'en allât maintenant par les rues comme un vrai bohémien, pieds nus, le bonnet troué, la taillole[24] en lambeaux... Le fait est que le dimanche, lorsque nous le voyions entrer à la messe, nous avions honte pour lui, nous autres les vieux; et Cornille le sentait si bien qu'il n'osait plus venir s'asseoir sur le banc d'œuvre[25]. Toujours il restait au fond de l'église, près du bénitier, avec les pauvres.

15. Mauvaise (ne pas confondre avec mâle).
16. Son grand-père.
17. Devenir servante.
18. Soins pour les vers à soie (magnanerie : bâtiment pour l'élevage de vers à soie).
19. Récolte des olives.
20. Seize kilomètres.
21. Chef des travailleurs.
22. Jeunes filles servant de domestiques.
23. Qui s'était conduit de façon respectable.
24. Large ceinture de laine ou de soie, dans le costume traditionnel des Provençaux.
25. Le banc de l'église où s'asseyent les personnes les plus « honorables » du village.

Dans la vie de maître Cornille il y avait quelque chose qui n'était pas clair. Depuis longtemps personne, au village, ne lui portait plus de blé, et pourtant les ailes de son moulin allaient toujours leur train comme devant[26]... Le soir, on rencontrait par les chemins le vieux meunier poussant devant lui son âne chargé de gros sacs de farine.

« Bonnes vêpres[27], maître Cornille ! lui criaient les paysans ; ça va donc toujours, la meunerie ?

– Toujours, mes enfant, répondait le vieux d'un air gaillard[28]. Dieu merci, ce n'est pas l'ouvrage qui nous manque. »

Alors, si on lui demandait d'où diable pouvait venir tant d'ouvrage, il se mettait un doigt sur les lèvres et répondait gravement : « *Motus* ! je travaille pour l'exportation... » Jamais on n'en put tirer davantage.

Quant à mettre le nez dans son moulin, il n'y fallait pas songer. La petite Vivette elle-même n'y entrait pas...

Lorsqu'on passait devant, on voyait la porte toujours fermée, les grosses ailes toujours en mouvement, le vieil âne broutant le gazon de la plate-forme, et un grand chat maigre qui prenait le soleil sur le rebord de la fenêtre et vous regardait d'un air méchant.

Tout cela sentait le mystère et faisait beaucoup jaser[29] le monde. Chacun expliquait à sa façon le secret de maître Cornille, mais le bruit[30] général était qu'il y avait dans ce moulin-là encore plus de sacs d'écus[31] que de sacs de farine.

À la longue pourtant tout se découvrit ; voici comment...

En faisant danser la jeunesse avec mon fifre, je m'aperçus un beau jour que l'aîné de mes garçons et la petite Vivette

26. Comme avant ; cf. le proverbe « Gros Jean comme devant » (La Fontaine, dans *La Laitière et le pot au lait*) = « paysan comme avant ».
27. Bonsoir (en latin *vesper* = soir).
28. Heureux et « en forme ».
29. Bavarder.
30. Rumeur publique (ce qu'on dit de lui le plus souvent).
31. Pièces d'or.

s'étaient rendus amoureux l'un de l'autre. Au fond je n'en fus pas fâché, parce qu'après tout le nom de Cornille était en honneur chez nous[32], et puis ce joli petit passereau[33] de Vivette m'aurait fait plaisir à voir trotter dans ma maison. Seulement, comme nos amoureux avaient souvent occasion d'être ensemble, je voulus, de peur d'accidents, régler l'affaire tout de suite, et je montai jusqu'au moulin pour en toucher deux mots au grand-père... Ah ! le vieux sorcier ! il faut voir de quelle manière il me reçut ! Impossible de lui faire ouvrir sa porte. Je lui expliquai mes raisons tant bien que mal, à travers le trou de la serrure ; et tout le temps que je parlais, il y avait ce coquin de chat maigre qui soufflait comme un diable au-dessus de ma tête.

Le vieux ne me donna pas le temps de finir, et me cria fort malhonnêtement[34] de retourner à ma flûte ; que, si j'étais pressé de marier mon garçon, je pouvais bien aller chercher des filles à la minoterie... Pensez que le sang me montait[35] d'entendre ces mauvaises paroles ; mais j'eus tout de même assez de sagesse pour me contenir[36], et, laissant ce vieux fou à sa meule, je revins annoncer aux enfants ma déconvenue[37]... Ces pauvres agneaux ne pouvaient pas y croire ; ils me demandèrent comme une grâce[38] de monter tous deux ensemble au moulin, pour parler au grand-père... Je n'eus pas le courage de refuser, et prrt ! voilà mes amoureux partis.

Tout juste comme ils arrivaient là-haut, maître Cornille venait de sortir. La porte était fermée à double tour ; mais le vieux bonhomme, en partant, avait laissé son échelle dehors, et tout de suite l'idée vint aux enfants d'entrer par la fenêtre, voir un peu ce qu'il y avait dans ce fameux moulin...

32. Son nom était respecté.
33. Oiseau. Les moineaux font partie de la famille des passereaux.
34. De façon grossière, malpolie.
35. J'étais hors de moi, très en colère.
36. M'empêcher de me mettre en colère.
37. Déception.
38. Une faveur, pour leur faire plaisir.

Chose singulière[39] ! la chambre[40] de la meule était vide... Pas un sac, pas un grain de blé ; pas la moindre farine aux murs ni sur les toiles d'araignée... On ne sentait pas même cette bonne odeur chaude de froment[41] écrasé qui embaume[42] dans les moulins... L'arbre de couche[43] était couvert de poussière et le grand chat maigre dormait dessus.

La pièce du bas avait le même air de misère et d'abandon : un mauvais lit, quelques guenilles, un morceau de pain sur une marche d'escalier, et puis dans un coin trois ou quatre sacs crevés d'où coulaient des gravats[44] et de la terre blanche.

C'était là le secret de maître Cornille ! C'était ce plâtras qu'il promenait le soir par les routes, pour sauver l'honneur du moulin et faire croire qu'on y faisait de la farine... Pauvre moulin ! Pauvre Cornille ! Depuis longtemps les minotiers leur avaient enlevé leur dernière pratique[45]. Les ailes viraient toujours, mais la meule tournait à vide.

Les enfants revinrent tout en larmes, me conter ce qu'ils avaient vu. J'eus le cœur crevé[46] de les entendre... Sans perdre une minute, je courus chez les voisins, je leur dis la chose en deux mots, et nous convînmes qu'il fallait, sur l'heure[47], porter au moulin de Cornille tout ce qu'il y avait de froment dans les maisons... Sitôt dit, sitôt fait. Tout le village se met en route, et nous arrivons là-haut avec une procession d'ânes chargés de blé, du vrai blé, celui-là !

Le moulin était grand ouvert... Devant la porte, maître Cornille, assis sur un sac de plâtre, pleurait, la tête dans ses mains. Il venait de s'apercevoir, en rentrant, que pendant son absence on avait pénétré chez lui et surpris son triste secret.

39. Très étonnante.
40. Endroit où les meules écrasent le grain.
41. Blé de bonne qualité.
42. Qui dégage une bonne odeur.
43. Voir p. 19 note 6.
44. Débris de plâtre.
45. Clientèle.
46. Je fus très triste.
47. Tout de suite.

Illustration de J. Ide, XXe siècle.

« Pauvre de moi ! disait-il. Maintenant, je n'ai plus qu'à mourir... Le moulin est déshonoré. »

Et il sanglotait à fendre l'âme, appelant son moulin par toutes sortes de noms, lui parlant comme à une personne véritable.

À ce moment les ânes arrivent sur la plate-forme, et nous nous mettons tous à crier bien fort comme au beau temps des meuniers :

« Ohé ! du moulin !... Ohé, maître Cornille ! »

Et voilà les sacs qui s'entassent devant la porte et le beau grain roux qui se répand par terre, de tous côtés...

Maître Cornille ouvrait de grands yeux. Il avait pris du blé dans le creux de sa vieille main et il disait, riant et pleurant à la fois :

« C'est du blé !... Seigneur Dieu !... Du bon blé ! Laissez-moi que je le regarde. »

Puis se tournant vers nous :

« Ah ! je savais bien que vous me reviendriez... Tous ces minotiers sont des voleurs. »

Nous voulions l'emporter en triomphe au village :

« Non, non, mes enfants ; il faut avant tout que j'aille donner à manger à mon moulin... Pensez donc ! il y a si longtemps qu'il ne s'est rien mis sous la dent[48] ! »

Et nous avions tous des larmes dans les yeux de voir le pauvre vieux se démener[49] de droite et de gauche, éventrant les sacs, surveillant la meule, tandis que le grain s'écrasait et que la fine poussière de froment s'envolait au plafond.

C'est une justice à nous rendre : à partir de ce jour-là, jamais nous ne laissâmes le vieux meunier manquer d'ouvrage. Puis, un matin, maître Cornille mourut, et les ailes de notre dernier moulin cessèrent de virer, pour toujours cette fois... Cornille mort, personne ne prit sa suite. Que voulez-vous, monsieur !... tout a une fin en ce monde, et il faut croire que le temps des moulins à vent était passé comme celui des coches[50] sur le Rhône, des parlements[51] et des jaquettes[52] à grandes fleurs.

48. Se mettre quelque chose sous la dent : manger.
49. S'agiter.
50. Il ne s'agit pas d'une diligence comme dans la fable de La Fontaine, *Le coche et la mouche*, mais d'une sorte de péniche tirée depuis la rive par des chevaux.
51. Anciennes assemblées provinciales.
52. Sorte de longue veste descendant jusqu'au genoux.

Repérer et analyser

La situation d'énonciation

Le récit encadré

Il arrive que dans un récit, le narrateur cède (ou feigne de céder) la parole à un personnage qui raconte ou lit une histoire à la première personne. Ce personnage devient lui-même narrateur (on l'appelle narrateur second, par rapport au narrateur premier). On dit que le second récit est un récit encadré.

1 À qui le narrateur confie-t-il la charge de raconter l'histoire de Maître Cornille ? Selon vous, le narrateur ne fait-il que retranscrire les paroles de ce second narrateur ?

2 **a.** À qui le narrateur second s'adresse-t-il ? Citez le texte. Relevez quelques adresses qu'il fait, au cours du récit, à son destinataire. Quel est l'effet produit ?

b. Ce narrateur second est-il un personnage de l'histoire qu'il raconte ?

3 **a.** Relevez une adresse que le narrateur premier fait à ses destinataires. Qui sont-ils ?

b. Daudet respecte-t-il ici la forme de la lettre ?

La progression du récit

Le schéma narratif

Un récit se décompose généralement en cinq étapes :
- une situation initiale qui présente les circonstances de départ ;
- un premier événement (élément déclencheur) qui lance l'action ;
- une suite d'actions qui s'enchaînent ;
- un dernier événement qui permet à l'action de se dénouer (dénouement) ;
- une situation finale qui instaure un nouvel état différent de celui présenté dans la situation initiale.

Ces cinq étapes constituent ce que l'on appelle le schéma narratif.

Attention ! La structure d'un récit est souvent plus souple (par exemple, le récit peut commencer directement par l'irruption de l'action…).

4 **a.** Quelle est la situation initiale ?

b. Est-elle heureuse ou malheureuse pour les meuniers ? Justifiez votre réponse en vous appuyant sur des termes précis.

5 Quel est l'événement qui marque une rupture et qui déclenche l'action ? À quelle ligne la rupture avec la situation initiale se fait-elle ?

6 Quelles sont les actions qui s'enchaînent (existence d'un secret, éléments qui empêchent le dévoilement du secret, éléments qui le provoquent, dévoilement du secret) ?

7 **a.** Quel est le dénouement de l'histoire ?

b. Quelle est la situation finale pour Maître Cornille ? En quoi constitue-t-elle une restauration de la situation initiale ?

c. Quelle est la situation finale après la mort de Maître Cornille ?

Le personnage de Maître Cornille

8 **a.** Comment la résistance de Maître Cornille se manifeste-t-elle (paroles, comportement) dans les lignes 44 à 66 ?

b. Relevez dans les lignes 46 à 55 les oppositions qui traduisent la colère de Cornille ; expliquez la métaphore qu'il utilise pour définir le mistral et la tramontane.

c. Quelles expressions montrent qu'il considère son moulin comme un être humain ?

9 En quoi son attitude envers sa petite-fille est-elle étrange ? Comment les gens du pays l'interprètent-ils ?

10 Quelle est sa réaction lorsqu'il s'aperçoit que son secret a été violé ?

Le mode de narration

Le suspense

Dans un récit, un film… le suspense est un passage ou un moment qui met le lecteur ou le spectateur en situation d'attente de ce qui va se passer.

11 Relevez des éléments (phrases, expressions, ponctuation…) qui montrent que le conteur sait entretenir le suspense.

12 Relisez les lignes 132 à 142 : par quels procédés (négation, forme de phrase, rythme, champs lexicaux) le conteur traduit-il l'état d'abandon du moulin ?

Le cadre provençal

13 **a.** Relevez quelques éléments qui se réfèrent à la Provence (indications géographiques, paysage, produits de la terre, animaux, instrument de musique, nom des vents…).

b. Relevez une exclamation méridionale. Que signifie-t-elle ?

La visée

14 Quelle conclusion le conteur tire-t-il de cette histoire (l. 195 à 199) ? Quel sentiment éprouve-t-il pour le temps passé qui ne reviendra plus ?

15 **a.** Pour quelle raison le narrateur a-t-il tenu à livrer à ses lecteurs l'histoire de Maître Cornille ? Appuyez-vous notamment sur le premier paragraphe.

b. Quel rapport cette histoire présente-t-elle avec le moulin de Daudet ?

Étudier la langue

Le lexique

16 Quel est le sens du mot « Maître » dans la dénomination « Maître Cornille » ?

17 Quelle différence y a-t-il entre un meunier et un minotier ?

18 Donnez le sens des expressions suivantes comportant le mot « moulin » :

- Entrer dans une maison comme dans un moulin
- Se battre contre des moulins à vent
- Apporter de l'eau au moulin de quelqu'un
- Ne pouvoir être à la fois au four et au moulin
- Un moulin à paroles

Lettres de mon moulin

La Chèvre de M. Seguin

Cette lettre semble s'adresser à Pierre Gringoire, poète français (1475-1538) qui a mené une existence libre mais misérable et dont Hugo a fait un personnage de son roman Notre-Dame de Paris. *Pour Daudet, il représente le type de l'écrivain qui refuse de se plier aux volontés d'un directeur de journal qui pourrait lui assurer un revenu fixe. Daudet lui-même a connu une certaine instabilité financière avant de devenir chroniqueur dans un journal et ensuite auteur de romans.*

Tu seras bien toujours le même, mon pauvre Gringoire !

Comment ! on t'offre une place de chroniqueur[1] dans un journal de Paris, et tu as l'aplomb[2] de refuser… Mais regarde-toi, malheureux garçon ! Regarde ce pourpoint[3] troué, ces chausses[4] en déroute, cette face maigre qui crie la faim. Voilà pourtant où t'a conduit la passion des belles rimes ! Voilà ce que t'ont valu dix ans de loyaux services dans les pages du sire Apollo[5]… Est-ce que tu n'as pas honte, à la fin ?

Fais-toi donc chroniqueur, imbécile ! Fais-toi chroniqueur ! Tu gagneras de beaux écus à la rose[6], tu auras ton couvert chez Brébant[7], et tu pourras te montrer les jours de première[8] avec une plume neuve à ta barrette[9]…

1. Au Moyen Âge, auteur qui relate par écrit des faits historiques au fur et à mesure de leur succession. De nos jours, journaliste qui tient une rubrique régulière dans un journal.
2. L'audace.
3. Veste (au Moyen Âge).
4. Au Moyen Âge, bas ou culottes qui descendaient jusqu'aux pieds.
5. Allusion à Apollon, dieu grec du soleil et de la poésie.
6. Monnaie du Moyen Âge qui comportait un motif en forme de rosace.
7. Il tenait un restaurant, célèbre du temps de Daudet, que fréquentaient les artistes.
8. Il s'agit de la première représentation d'une pièce de théâtre ou d'un spectacle.
9. Petite pièce de tissu ou de bois qui servait à fixer la plume sur les chapeaux anciens.

Non ? Tu ne veux pas ? Tu prétends rester libre à ta guise jusqu'au bout... Eh bien, écoute un peu l'histoire de la *chèvre de M. Seguin*. Tu verras ce que l'on gagne à vouloir vivre libre.

M. Seguin n'avait jamais eu de bonheur avec ses chèvres.

Il les perdait toutes de la même façon : un beau matin, elles cassaient leur corde, s'en allaient dans la montagne, et là-haut le loup les mangeait. Ni les caresses de leur maître, ni la peur du loup, rien ne les retenait. C'était, paraît-il, des chèvres indépendantes voulant à tout prix le grand air et la liberté.

Le brave M. Seguin, qui ne comprenait rien au caractère de ses bêtes, était consterné. Il disait :

« C'est fini ; les chèvres s'ennuient chez moi ; je n'en garderai pas une. »

Cependant, il ne se découragea pas, et, après avoir perdu six chèvres de la même manière, il en acheta une septième ; seulement, cette fois, il eut soin de la prendre toute jeune, pour qu'elle s'habituât à demeurer chez lui.

Ah ! Gringoire, qu'elle était jolie la petite chèvre de M. Seguin ! qu'elle était jolie avec ses yeux doux, sa barbiche de sous-officier, ses sabots noirs et luisants, ses cornes zébrées et ses longs poils qui lui faisaient une houppelande[10] ! C'était presque aussi charmant que le cabri d'Esméralda[11], tu te rappelles, Gringoire ? – et puis, docile, caressante, se laissant traire sans bouger, sans mettre son pied dans l'écuelle. Un amour de petite chèvre...

M. Seguin avait derrière sa maison un clos entouré d'aubépines. C'est là qu'il mit la nouvelle pensionnaire. Il l'attacha à un pieu, au plus bel endroit du pré, en ayant soin de lui laisser

10. Manteau large et long.
11. Personnage du roman de Victor Hugo, *Notre-Dame de Paris*.

beaucoup de corde, et de temps en temps il venait voir si elle était bien. La chèvre se trouvait très heureuse et broutait l'herbe de si bon cœur que M. Seguin était ravi.

« Enfin, pensait le pauvre homme, en voilà une qui ne s'ennuiera pas chez moi ! »

M. Seguin se trompait, sa chèvre s'ennuya.

Un jour, elle se dit en regardant la montagne :

« Comme on doit être bien là-haut ! Quel plaisir de gambader dans la bruyère, sans cette maudite longe[12] qui vous écorche le cou !...

C'est bon pour l'âne ou pour le bœuf de brouter dans un clos !... Les chèvres, il leur faut du large. »

À partir de ce moment, l'herbe du clos lui parut fade. L'ennui lui vint. Elle maigrit, son lait se fit rare. C'était pitié de la voir tirer tout le jour sur sa longe, la tête tournée du côté de la montagne, la narine ouverte, en faisant *Mê* !... tristement.

M. Seguin s'apercevait bien que sa chèvre avait quelque chose, mais il ne savait pas ce que c'était...

Un matin, comme il achevait de la traire, la chèvre se retourna et lui dit dans son patois[13] : « Écoutez, monsieur Seguin, je me languis[14] chez vous, laissez-moi aller dans la montagne.

– Ah ! mon Dieu !... Elle aussi ! » cria M. Seguin stupéfait, et du coup il laissa tomber son écuelle ; puis, s'asseyant dans l'herbe à côté de sa chèvre :

« Comment, Blanquette, tu veux me quitter ! »

Et Blanquette répondit :

« Oui, monsieur Seguin.

– Est-ce que l'herbe te manque ici ?

– Oh ! non ! monsieur Seguin.

12. Corde, courroie qui sert à attacher les animaux domestiques.

13. Parler propre à une région.

14. Je m'ennuie.

– Tu es peut-être attachée de trop court, veux-tu que j'allonge la corde ?

– Ce n'est pas la peine, monsieur Seguin.

– Alors, qu'est-ce qu'il te faut ? qu'est-ce que tu veux ?

– Je veux aller dans la montagne, monsieur Seguin.

– Mais, malheureuse, tu ne sais pas qu'il y a le loup dans la montagne… Que feras-tu quand il viendra ?…

– Je lui donnerai des coups de cornes, monsieur Seguin.

– Le loup se moque bien de tes cornes. Il m'a mangé des biques autrement encornées que toi… Tu sais bien, la pauvre vieille Renaude qui était ici l'an dernier ? Une maîtresse chèvre, forte et méchante comme un bouc. Elle s'est battue avec le loup toute la nuit… puis le matin, le loup l'a mangée.

– Pécaïre[15] ! Pauvre Renaude !… Ça ne fait rien, monsieur Seguin, laissez-moi aller dans la montagne.

– Bonté divine !… dit M. Seguin ; mais qu'est-ce qu'on leur fait donc à mes chèvres ?

Encore une que le loup va me manger… Eh bien, non… je te sauverai malgré toi, coquine ! et de peur que tu ne rompes ta corde, je vais t'enfermer dans l'étable et tu y resteras toujours. »

Là-dessus, M. Seguin emporta la chèvre dans une étable toute noire, dont il ferma la porte à double tour. Malheureusement, il avait oublié la fenêtre, et à peine eut-il le dos tourné, que la petite s'en alla…

Tu ris, Gringoire ? Parbleu ! je crois bien ; tu es du parti des chèvres, toi, contre ce bon M. Seguin… Nous allons voir si tu riras tout à l'heure.

Quand la chèvre blanche arriva dans la montagne, ce fut un ravissement général. Jamais les vieux sapins n'avaient rien vu d'aussi joli. On la reçut comme une petite reine. Les

15. Voir p. 41, note 9.

châtaigniers se baissaient jusqu'à terre pour la caresser du bout de leurs branches. Les genêts d'or s'ouvraient sur son passage, et sentaient bon tant qu'ils pouvaient.

Toute la montagne lui fit fête.

Tu penses, Gringoire, si notre chèvre était heureuse ! Plus de corde, plus de pieu… rien qui l'empêchât de gambader, de brouter à sa guise… C'est là qu'il y en avait de l'herbe ! jusque par-dessus les cornes, mon cher !… Et quelle herbe ! Savoureuse, fine, dentelée, faite de mille plantes… C'était bien autre chose que le gazon du clos. Et les fleurs donc !

De grandes campanules[16] bleues, des digitales[16] de pourpre à longs calices, toute une forêt de fleurs sauvages débordant de sucs capiteux[17] !…

La chèvre blanche, à moitié soûle, se vautrait là-dedans les jambes en l'air et roulait le long des talus, pêle-mêle avec les feuilles tombées et les châtaignes… Puis, tout à coup, elle se redressait d'un bond sur ses pattes.

Hop ! la voilà partie, la tête en avant, à travers les maquis[18] et les buissières[19], tantôt sur un pic, tantôt au fond d'un ravin, là-haut, en bas, partout… On aurait dit qu'il y avait dix chèvres de M. Seguin dans la montagne.

C'est qu'elle n'avait peur de rien, la Blanquette.

Elle franchissait d'un saut de grands torrents qui l'éclaboussaient au passage de poussière humide et d'écume. Alors, toute ruisselante, elle allait s'étendre sur quelque roche plate et se faisait sécher par le soleil… Une fois, s'avançant au bord d'un plateau, une fleur de cytise[20] aux dents, elle aperçut en bas, tout en bas dans la plaine, la maison de M. Seguin avec le clos derrière. Cela la fit rire aux larmes.

16. Fleurs des montagnes. Voir p. 22, note 24.
17. Enivrants, qui montent à la tête.
18. Terrains broussailleux que l'on trouve dans les régions méditerranéennes.
19. Lieux plantés de buis (petits arbrisseaux).
20. Arbuste à fleurs jaunes, en grappes.

« Que c'est petit ! dit-elle ; comment ai-je pu tenir là-dedans ? »

Pauvrette ! de se voir si haut perchée, elle se croyait au moins aussi grande que le monde...

En somme, ce fut une bonne journée pour la chèvre de M. Seguin. Vers le milieu du jour, en courant de droite et de gauche, elle tomba dans une troupe de chamois en train de croquer une lambrusque[21] à belles dents. Notre petite coureuse en robe blanche fit sensation. On lui donna la meilleure place à la lambrusque, et tous ces messieurs furent très galants... Il paraît même, – ceci doit rester entre nous, Gringoire, – qu'un jeune chamois à pelage noir eut la bonne fortune de plaire à Blanquette. Les deux amoureux s'égarèrent parmi le bois une heure ou deux, et si tu veux savoir ce qu'ils dirent, va le demander aux sources bavardes qui courent invisibles dans la mousse.

Tout à coup le vent fraîchit. La montagne devint violette ; c'était le soir.

« Déjà ! » dit la petite chèvre ; et elle s'arrêta fort étonnée.

En bas, les champs étaient noyés de brume. Le clos de M. Seguin disparaissait dans le brouillard, et de la maisonnette on ne voyait plus que le toit avec un peu de fumée. Elle écouta les clochettes d'un troupeau qu'on ramenait, et se sentit l'âme toute triste... Un gerfaut[22], qui rentrait, la frôla de ses ailes en passant. Elle tressaillit... puis ce fut un hurlement dans la montagne :

« Hou ! Hou ! »

Elle pensa au loup ; de tout le jour la folle n'y avait pas pensé... Au même moment une trompe sonna bien loin dans la vallée. C'était ce bon M. Seguin qui tentait un dernier effort.

21. Vigne sauvage.

22. Grand faucon à plumage gris clair.

« Hou ! hou !... faisait le loup.

– Reviens ! reviens !... » criait la trompe.

Blanquette eut envie de revenir ; mais en se rappelant le pieu, la corde, la haie du clos, elle pensa que maintenant elle ne pouvait plus se faire à cette vie, et qu'il valait mieux rester.

La trompe ne sonnait plus...

La chèvre entendit derrière elle un bruit de feuilles. Elle se retourna et vit dans l'ombre deux oreilles courtes, toutes droites, avec deux yeux qui reluisaient...

C'était le loup.

Énorme, immobile, assis sur son train de derrière, il était là regardant la petite chèvre blanche et la dégustant par avance. Comme il savait bien qu'il la mangerait, le loup ne se pressait pas ; seulement, quand elle se retourna, il se mit à rire méchamment.

« Ha ! ha ! la petite chèvre de M. Seguin » ; et il passa sa grosse langue rouge sur ses babines d'amadou[23].

Blanquette se sentit perdue... Un moment, en se rappelant l'histoire de la vieille Renaude, qui s'était battue toute la nuit pour être mangée le matin, elle se dit qu'il vaudrait peut-être mieux se laisser manger tout de suite ; puis, s'étant ravisée, elle tomba en garde, la tête basse et la corne en avant, comme une brave chèvre de M. Seguin qu'elle était... Non pas qu'elle eût l'espoir de tuer le loup, – les chèvres ne tuent pas le loup, – mais seulement pour voir si elle pourrait tenir aussi longtemps que la Renaude...

Alors le monstre s'avança, et les petites cornes entrèrent en danse.

Ah ! la brave chevrette, comme elle y allait de bon cœur !

23. Substance végétale inflammable de couleur noire (allusion ici à la couleur des babines du loup).

Plus de dix fois, je ne mens pas, Gringoire, elle força le loup à reculer pour reprendre haleine. Pendant ces trêves d'une minute, la gourmande cueillait en hâte encore un brin de sa chère herbe ; puis elle retournait au combat, la bouche pleine... Cela dura toute la nuit. De temps en temps la chèvre de M. Seguin regardait les étoiles danser dans le ciel clair, et elle se disait :

« Oh ! pourvu que je tienne jusqu'à l'aube... »

L'une après l'autre, les étoiles s'éteignirent. Blanquette redoubla de coups de cornes, le loup de coups de dents... Une lueur pâle parut dans l'horizon... Le chant du coq enroué monta d'une métairie[24].

« Enfin ! » dit la pauvre bête, qui n'attendait plus que le jour pour mourir ; et elle s'allongea par terre dans sa belle fourrure blanche toute tachée de sang...

Alors le loup se jeta sur la petite chèvre et la mangea.

*

Adieu Gringoire !

L'histoire que tu as entendue n'est pas un conte de mon imagination. Si jamais tu viens en Provence, nos ménagers[25] te parleront souvent de *la cabro de moussu Seguin, que se battégue touto la neui emé lou loup, e piei lou matin lou loup la mangé*[26].

Tu m'entends bien, Gringoire.

E piei lou matin lou loup la mangé.

24. Ferme tenue par un métayer, qui travaille pour le compte d'un fermier.
25. Personnes qui travaillent à la ferme (mot d'origine provençale).
26. Phrase en provençal qui signifie : « la chèvre de Monsieur Seguin, qui se battit toute la nuit avec le loup, et puis, le matin, le loup la mangea » (note de Daudet).

Philippe Poirier, illustration pour *La Chèvre de Monsieur Seguin*, dessin, éd. Nathan, 1991.

Repérer et analyser

La situation d'énonciation

1 **a.** Qui est l'émetteur de cette lettre ?
b. Qui en est le destinataire ? S'agit-il forcément d'une lettre fictive ? Justifiez votre réponse.
c. Qui sont les véritables destinataires ?

2 Relevez les renseignements fournis sur le destinataire (métier, situation financière, idéal moral).

3 **a.** « Fais-toi donc chroniqueur, imbécile » (l. 9) : identifiez le niveau de langage. Quelles relations semblent exister entre l'émetteur et son destinataire ?
b. Relevez au fil de la lettre quelques adresses au destinataire. Quel en est l'intérêt ?

4 En quelle langue l'énonciateur s'exprime-t-il à la fin de la lettre ? Quel est l'effet produit ?

Le cadre et la progression du récit

5 Dans quel cadre M. Seguin vit-il ? Appuyez-vous sur le texte pour répondre.

6 **a.** Quel problème M. Seguin a-t-il avec ses chèvres ? Combien en a-t-il perdu ? Quel espoir fonde-t-il sur la dernière chèvre ?
b. À partir de quelle ligne la situation se modifie-t-elle ? Appuyez-vous sur une indication temporelle qui marque une rupture. En quoi y a-t-il changement ?
c. Quelles sont les différentes actions qui s'enchaînent ? Appuyez-vous sur les indications temporelles.
d. Quel est le dénouement ? Est-il heureux ou malheureux ?

Le personnage de Blanquette

7 Relevez le passage dans lequel le narrateur décrit Blanquette. Quel est le type de phrase utilisé ? Quelle image donne-t-il d'elle ?

8 À quoi la petite chèvre aspire-t-elle plus que tout ? Qu'est-elle prête à sacrifier pour cela ?

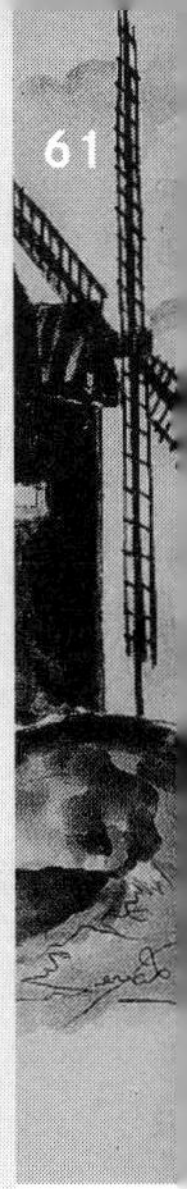

9 **a.** Quelles différentes joies la petite chèvre a-t-elle connues dans la montagne ?
b. Relevez quelques expressions qui montrent sa jouissance à se sentir libre.
10 **a.** À quel débat intérieur se livre-t-elle lorsqu'elle entend le loup et la corne de M. Seguin ? Quel choix fait-elle ?
b. Relevez les expressions qui montrent que la petite chèvre a peur mais qu'elle est courageuse.

Les procédés pour raconter

La personnification

11 En quoi la chèvre est-elle personnifiée ? Quel est l'effet produit ?

Le dialogue

12 Relisez le passage qui présente le dialogue entre M. Seguin et sa chèvre.
a. Précisez ce que chacun des personnages cherche à obtenir de l'autre. Appuyez-vous sur les phrases de type exclamatif et interrogatif utilisées par M. Seguin et sur les répliques de la chèvre qui font apparaître son obstination.
b. Relevez les arguments utilisés par chacun pour convaincre l'autre.

La dramatisation

13 Relevez et analysez quelques éléments qui contribuent à la dramatisation du récit :
- les indications qui évoquent le temps qui passe : combien de temps le combat entre la chèvre et le loup dure-t-il ?
- les indications précisant le cadre du combat (paysage, éclairage…) ;
- le passage présentant la description et l'arrivée du loup (l. 169 à 172 : « La chèvre entendit derrière elle… C'était le loup ») ;
- les mots et expressions choisis par le narrateur pour désigner la chèvre (l. 94 à la fin : « Là-dessus M. Seguin emporta la chèvre ») et les commentaires effectués par le narrateur à son propos (l. 125 à la fin : « C'est qu'elle n'avait peur de rien la Blanquette ») : quels sentiments exprime-t-il ?
- le passage présentant la mort de la petite chèvre (l. 204 à 206 : « Enfin, dit la pauvre bête… tachée de sang »).

La visée

14 Relisez la fin de la lettre (l. 208 à la fin : « Adieu Gringoire !… *mangé* »).

a. Dans quel but l'auteur de la lettre a-t-il raconté cette histoire à son destinataire ? De quoi cherche-t-il à le convaincre ?

b. Quels sentiments le narrateur cherche-t-il à susciter lorsqu'il raconte la mort de la petite chèvre ?

c. « Tu es du parti des chèvres, toi, contre ce bon M. Seguin » (l. 98-99) : que signifie cette expression ? De quoi la chèvre est-elle le symbole ?

Étudier la langue

Le lexique : autour du mot « chèvre »

15 **a.** Recherchez l'étymologie latine du mot « chèvre ».

b. Citez huit mots de la famille du mot « chèvre ». Vous prendrez en compte aussi la racine latine.

c. Comment s'appelle le mâle de la chèvre ? Citez deux noms que l'on donne à ses petits.

d. Que signifient les expressions : « ménager la chèvre et le chou », « prendre des chemins de chèvre », « faire devenir chèvre » ?

Lettres de mon moulin

Les Étoiles

Récit d'un berger provençal

Du temps que je gardais les bêtes sur le Lubéron[1], je restais des semaines entières sans voir âme qui vive, seul dans le pâturage avec mon chien Labri[2] et mes ouailles[3]. De temps en temps, l'ermite du Mont-de-l'Ure[4] passait par là pour chercher des simples[5] ou bien j'apercevais la face noire de quelque charbonnier du Piémont[6] ; mais c'étaient des gens naïfs, silencieux à force de solitude, ayant perdu le goût de parler et ne sachant rien de ce qui se disait en bas dans les villages et les villes. Aussi, tous les quinze jours, lorsque j'entendais, sur le chemin qui monte, les sonnailles[7] du mulet de notre ferme m'apportant les provisions de quinzaine, et que je voyais apparaître peu à peu, au-dessus de la côte, la tête éveillée du petit *miarro*[8] (garçon de ferme), ou la coiffe rousse de la vieille tante Norade, j'étais vraiment bien heureux. Je me faisais raconter les nouvelles du pays d'en bas, les baptêmes, les mariages ; mais ce qui m'intéressait surtout, c'était de savoir ce que devenait la fille de mes maîtres, notre demoiselle Stéphanette, la plus jolie qu'il y eût à dix lieues à la ronde. Sans avoir l'air d'y prendre trop d'intérêt, je m'informais si elle allait beaucoup aux fêtes, aux veillées, s'il lui venait toujours de nouveaux galants, et à ceux qui me demanderont ce que ces choses-là

1. Massif montagneux qui culmine à 1100 mètres et se situe en majeure partie dans le département du Vaucluse.
2. Nom qu'on donne en Provence à une race de chien de berger de couleur noire.
3. Au sens propre : mes brebis (latin : *ovicula*). Au sens figuré : les personnes dont on est responsable.
4. Mont-de-l'Ure (ou Lure) : chaîne montagneuse des préalpes de Provence. Notre-Dame de Lure est une ancienne abbaye. Un ermite est un moine solitaire.
5. Des plantes médicinales.
6. Ouvrier qui fabrique du charbon de bois et vient du Piémont, en Italie.
7. Clochettes accrochées au cou du mulet.
8. En provençal : un petit cochon !

pouvaient me faire, à moi pauvre berger de la montagne, je répondrai que j'avais vingt ans et que cette Stéphanette était ce que j'avais vu de plus beau dans ma vie.

Or, un dimanche que j'attendais les vivres de quinzaine, il se trouva qu'ils n'arrivèrent que très tard. Le matin je me disais : « C'est la faute de la grand-messe » ; puis, vers midi, il vint un gros orage, et je pensai que la mule n'avait pas pu se mettre en route à cause du mauvais état des chemins. Enfin, sur les trois heures, le ciel étant lavé, la montagne luisante d'eau et de soleil, j'entendis parmi l'égouttement des feuilles et le débordement des ruisseaux gonflés les sonnailles de la mule, aussi gaies, aussi alertes qu'un grand carillon de cloches un jour de Pâques. Mais ce n'était pas le petit *miarro*, ni la vieille Norade qui la conduisait. C'était... devinez qui !... notre demoiselle, mes enfants ! notre demoiselle en personne, assise droite entre les sacs d'osier, toute rose de l'air des montagnes et du rafraîchissement de l'orage.

Le petit était malade, tante Norade en vacances chez ses enfants. La belle Stéphanette m'apprit tout ça, en descendant de sa mule, et aussi qu'elle arrivait tard parce qu'elle s'était perdue en route ; mais à la voir si bien endimanchée, avec son ruban à fleurs, sa jupe brillante et ses dentelles, elle avait plutôt l'air de s'être attardée à quelque danse que d'avoir cherché son chemin dans les buissons. Ô la mignonne créature ! Mes yeux ne pouvaient se lasser de la regarder. Il est vrai que je ne l'avais jamais vue de si près. Quelquefois l'hiver, quand les troupeaux étaient descendus dans la plaine et que je rentrais le soir à la ferme pour souper, elle traversait la salle vivement, sans guère parler aux serviteurs, toujours parée[9] et un peu fière... Et maintenant je l'avais là devant moi, rien que pour moi ; n'était-ce pas à en perdre la tête ?

9. Élégamment vêtue.

Quand elle eut tiré les provisions du panier, Stéphanette se mit à regarder curieusement[10] autour d'elle. Relevant un peu sa belle jupe du dimanche qui aurait pu s'abîmer, elle entra dans le *parc*[11], voulut voir le coin où je couchais, la crèche de paille avec la peau de mouton, ma grande cape accrochée au mur, ma crosse, mon fusil à pierre. Tout cela l'amusait.

« Alors, c'est ici que tu vis, mon pauvre berger ? Comme tu dois t'ennuyer d'être toujours seul ! Qu'est-ce que tu fais ? À quoi penses-tu ?... »

J'avais envie de répondre : « À vous, maîtresse », et je n'aurais pas menti ; mais mon trouble était si grand que je ne pouvais pas seulement trouver une parole. Je crois bien qu'elle s'en apercevait, et que la méchante prenait plaisir à redoubler mon embarras avec ses malices...

Et elle-même, en me parlant, avait bien l'air de la fée Estérelle[12], avec le joli rire de sa tête renversée et sa hâte de s'en aller qui faisait de sa visite une apparition.

« Adieu, berger.

– Salut, maîtresse. »

Et la voilà partie, emportant ses corbeilles vides.

Lorsqu'elle disparut dans le sentier en pente, il me semblait que les cailloux, roulant sous les sabots de la mule, me tombaient un à un sur le cœur. Je les entendis longtemps, longtemps ; et jusqu'à la fin du jour, je restai comme ensommeillé, n'osant bouger, de peur de faire en aller mon rêve. Vers le soir, comme le fond des vallées commençait à devenir bleu et que les bêtes se serraient en bêlant l'une contre l'autre pour rentrer au parc, j'entendis qu'on m'appelait dans la descente, et je vis paraître notre demoiselle, non plus rieuse ainsi que tout à l'heure, mais tremblante de froid, de peur, de mouillure.

10. Avec curiosité.
11. Enclos où l'on enferme les moutons pour la nuit.
12. La fée des montagnes de l'Estérel (massif montagneux de la côte méditerranéenne).

Il paraît qu'au bas de la côte, elle avait trouvé la Sorgue[13] grossie par la pluie d'orage, et qu'en voulant passer à toute force elle avait risqué de se noyer. Le terrible, c'est qu'à cette heure de nuit il ne fallait plus songer à retourner à la ferme ; car le chemin par la traverse[14], notre demoiselle n'aurait jamais su s'y retrouver toute seule, et moi je ne pouvais pas quitter le troupeau. Cette idée de passer la nuit sur la montagne la tourmentait beaucoup, surtout à cause de l'inquiétude des siens. Moi, je la rassurais de mon mieux :

« En juillet, les nuits sont courtes, maîtresse... Ce n'est qu'un mauvais moment. »

Et j'allumai vite un grand feu pour sécher ses pieds et sa robe toute trempée de l'eau de la Sorgue. Ensuite j'apportai devant elle du lait, des fromageons ; mais la pauvre petite ne songeait ni à se chauffer, ni à manger, et de voir les grosses larmes qui montaient dans ses yeux, j'avais envie de pleurer, moi aussi.

Cependant la nuit était venue tout à fait. Il ne restait plus sur la crête des montagnes qu'une poussière de soleil, une vapeur de lumière du côté du couchant. Je voulus que notre demoiselle entrât se reposer dans le parc. Ayant étendu sur la paille fraîche une belle peau toute neuve, je lui souhaitai la bonne nuit, et j'allai m'asseoir dehors devant la porte... Dieu m'est témoin que, malgré le feu d'amour qui me brûlait le sang, aucune mauvaise pensée ne me vint ; rien qu'une grande fierté de songer que dans un coin du *parc*, tout près du troupeau curieux qui la regardait dormir, la fille de mes maîtres – comme une brebis plus précieuse et plus blanche que toutes les autres – reposait, confiée à ma garde. Jamais le ciel ne m'avait paru si profond, les étoiles si brillantes... Tout à coup, la claire-voie[15] du *parc* s'ouvrit et la belle Stéphanette parut. Elle ne pouvait pas dormir. Les bêtes faisaient crier la paille en

13. Cours d'eau qui se jette dans le Rhône.

14. À travers la montagne.

15. La barrière.

remuant, ou bêlaient dans leurs rêves. Elle aimait mieux venir près du feu. Voyant cela, je lui jetai ma peau de bique sur les épaules, j'activai la flamme, et nous restâmes assis l'un près de l'autre sans parler. Si vous avez jamais passé la nuit à la belle étoile, vous savez qu'à l'heure où nous dormons, un monde mystérieux s'éveille dans la solitude et le silence. Alors les sources chantent bien plus clair, les étangs allument des petites flammes. Tous les esprits de la montagne vont et viennent librement ; et il y a dans l'air des frôlements, des bruits imperceptibles, comme si l'on entendait les branches grandir, l'herbe pousser. Le jour, c'est la vie des êtres ; mais la nuit, c'est la vie des choses. Quand on n'en a pas l'habitude, ça fait peur... Aussi notre demoiselle était toute frissonnante et se serrait contre moi au moindre bruit. Une fois, un cri long, mélancolique, parti de l'étang qui luisait plus bas, monta vers nous en ondulant. Au même instant une belle étoile filante glissa par-dessus nos têtes dans la même direction, comme si cette plainte que nous venions d'entendre portait une lumière avec elle.

« Qu'est-ce que c'est ? me demanda Stéphanette à voix basse.

Une âme qui entre en paradis, maîtresse » ; et je fis le signe de la croix.

Elle se signa[16] aussi, et resta un moment la tête en l'air, très recueillie. Puis elle me dit :

« C'est donc vrai, berger, que vous êtes sorciers, vous autres ?

– Nullement, notre demoiselle. Mais ici nous vivons plus près des étoiles, et nous savons ce qui s'y passe mieux que des gens de la plaine. »

Elle regardait toujours en haut, la tête appuyée dans la main, entourée de la peau de mouton comme un petit pâtre[17] céleste :

« Qu'il y en a ! Que c'est beau ! Jamais je n'en avais tant vu... Est-ce que tu sais leurs noms, berger ?

16. Elle fit le signe de la croix.

17. Berger.

– Mais oui, maîtresse... Tenez ! juste au-dessus de nous, voilà le *Chemin de saint Jacques* (la Voie lactée[18]). Il va de France droit sur l'Espagne. C'est saint Jacques de Galice qui l'a tracé pour montrer sa route au brave Charlemagne lorsqu'il faisait la guerre aux Sarrasins. Plus loin, vous avez le *Char des âmes* (la Grande Ourse) avec ses quatre essieux[19] resplendissants. Les trois étoiles qui vont devant sont les *Trois Bêtes*, et cette toute petite contre la troisième c'est le *Charretier*. Voyez-vous tout autour cette pluie d'étoiles qui tombent ? ce sont les âmes dont le bon Dieu ne veut pas chez lui... Un peu plus bas, voici le *Râteau* ou les *Trois Rois* (Orion). C'est ce qui nous sert d'horloge, à nous autres. Rien qu'en les regardant, je sais maintenant qu'il est minuit passé. Un peu plus bas, toujours vers le midi, brille *Jean de Milan*, le flambeau des astres (Sirius). Sur cette étoile-là, voici ce que les bergers racontent. Il paraît qu'une nuit *Jean de Milan*, avec les *Trois Rois* et la *Poussinière*[20] (la Pléiade), furent invités à la noce d'une étoile de leurs amies. *La Poussinière*, plus pressée, partit, dit-on, la première, et prit le chemin haut. Regardez-la, là-haut, tout au fond du ciel. Les *Trois Rois* coupèrent plus bas et la rattrapèrent ; mais ce paresseux de *Jean de Milan*, qui avait dormi trop tard, resta tout à fait derrière, et furieux, pour les arrêter, leur jeta son bâton. C'est pourquoi les *Trois Rois* s'appellent aussi le *Bâton de Jean de Milan*... Mais la plus belle de toutes les étoiles, maîtresse, c'est la nôtre, c'est l'*Étoile du berger* qui nous éclaire à l'aube quand nous sortons le troupeau, et aussi le soir quand nous le rentrons. Nous la nommons encore Maguelonne[21],

18. La Voie lactée servait de repère autrefois aux pèlerins qui se rendaient à Saint-Jacques-de-Compostelle, en Espagne.
19. Tiges qui réunissent les roues d'une charrette, d'un camion, etc.
20. Une poussinière est une cage à poussins ou une couveuse.
21. Village de la côte du Languedoc qui fut célèbre au Moyen Âge et qui s'enorgueillit encore aujourd'hui d'une belle cathédrale.

Aquarelle de Sylvain Sauvage, 1935.

la belle *Maguelonne* qui court après *Pierre de Provence* (Saturne) et se marie avec lui tous les sept ans[22].

– Comment ! berger, il y a donc des mariages d'étoiles ?

– Mais oui, maîtresse. »

22. Tous les sept ans, les deux planètes sont en conjonction, c'est-à-dire qu'elles paraissent se superposer pour l'observateur terrestre.

Et comme j'essayais de lui expliquer ce que c'était que ces mariages, je sentis quelque chose de frais et de fin peser légèrement sur mon épaule. C'était sa tête alourdie de sommeil qui s'appuyait contre moi avec un joli froissement de rubans, de dentelles et de cheveux ondés[23]. Elle resta ainsi sans bouger jusqu'au moment où les astres du ciel pâlirent, effacés par le jour qui montait. Moi, je la regardais dormir, un peu troublé au fond de mon être, mais saintement protégé par cette claire nuit qui ne m'a jamais donné que de belles pensées. Autour de nous, les étoiles continuaient leur marche silencieuse, dociles comme un grand troupeau ; et par moments je me figurais qu'une de ces étoiles, la plus fine, la plus brillante, ayant perdu sa route, était venue se poser sur mon épaule pour dormir...

23. Bouclés.

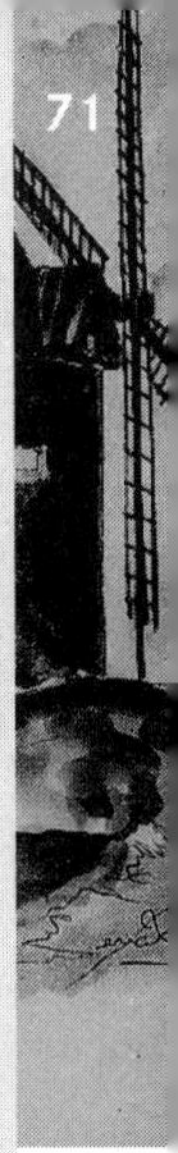

Repérer et analyser

La situation d'énonciation

1 Qui est l'auteur du texte ? Qui est le narrateur ? Justifiez votre réponse.

2 **a.** Quel âge le narrateur avait-il au moment des faits qu'il rapporte ?
b. Les rapporte-t-il peu après qu'ils se sont produits ou beaucoup plus tard ? Justifiez votre réponse.

3 Relevez une adresse aux destinataires dans les lignes 25 à 38. Quel en est l'intérêt ?

4 Ce texte se présente-t-il comme une lettre ? Justifiez votre réponse.

Le cadre spatio-temporel

5 **a.** Dans quel site géographique le narrateur se trouve-t-il ?
b. Caractérisez le cadre de vie du narrateur à l'aide d'expressions tirées du texte.

6 **a.** À quel mois de l'année l'épisode évoqué se déroule-t-il ? Quel jour de la semaine ?
b. Délimitez la durée précise de l'épisode. Appuyez-vous sur les indications temporelles.

La progression du récit

7 **a.** Quel événement trouble la solitude du narrateur ?
b. Quelles sont les actions qui s'enchaînent ? Relevez les expressions qui en marquent les différentes étapes.

Les personnages

Les relations entre les personnages

8 **a.** Quel est le rang social de chacun des personnages ?
b. Par quels termes les personnages se désignent-ils respectivement ? Quelles relations entretiennent-ils ?
c. Montrez qu'à la fin du texte les distances qui existent entre les deux personnages s'effacent.

Le personnage de la jeune fille

9 **a.** Relevez les termes qui, au fil du récit, caractérisent le physique de la jeune fille. Quelle image le narrateur donne-t-il d'elle ?
b. Que laisse-t-il deviner de son caractère, de sa vie ?

10 **a.** Quel est le comportement de la jeune fille lorsqu'elle arrive chez le narrateur (l. 53 à 70) ? Qui parle le plus dans ce passage ? Qui a le dessus sur l'autre ?
b. En quoi son comportement change-t-il (l. 132 à 176) ?

Les sentiments du narrateur

11 **a.** Relevez les termes qui montrent que le narrateur est fasciné par la jeune fille (l. 14 à 69).
b. Quelle est sa réaction lorsqu'elle s'en va (l. 72 à 77) ?
c. Quel sentiment éprouve-t-il pour elle ? Citez le texte.

Le thème de la nature

12 Quelle image le narrateur donne-t-il de la nuit ? Pour répondre :
- appuyez-vous sur les notations de couleur et d'éclairage qui caractérisent la venue du soir et la tombée de la nuit (l. 77 à 101) ;
- dites quels bruits légers le silence de la nature permet de percevoir (l. 118 à 131) ;
- expliquez l'expression suivante : « la nuit, c'est la vie des choses » (l. 124-125).

13 Montrez, en citant le texte, que tout ce que le narrateur offre à la jeune fille pour la réconforter provient de la nature (l. 94 à 104).

14 En quoi le narrateur est-il en communion avec le ciel et les étoiles ?

15 La comparaison

> La comparaison met en relation deux éléments, l'élément que l'on compare (comparé) et l'élément auquel on compare (comparant), à l'aide d'un outil de comparaison (comme, sembler).

a. À quoi le narrateur compare-t-il successivement la jeune fille (l. 99 à 109 et 137 à 142) ? À quel domaine les comparants se réfèrent-ils ?
b. À quoi les étoiles sont-elles comparées ligne 187 ?

16 Analysez la métaphore présente dans les dernières lignes (voir p. 24) : à quoi la jeune fille est-elle assimilée ? En quoi cette métaphore a-t-elle été préparée (l. 145 à 176) ?

La visée

17 Justifiez le titre de la lettre.
18 Quelle image Daudet donne-t-il des bergers de Provence ? Quelle richesse portent-ils en eux ?

Écrire

Imaginer un récit

19 Imaginez quel pourrait être le récit de Stéphanette quelques années plus tard…

Découvrir les écrivains de la Provence

Jean Giono, *Un de Baumugnes*

Jean Giono (1895-1970), originaire de Manosque (Alpes-de-Haute Provence), a souvent placé l'action de ses romans dans sa région natale. Dans *Un de Baumugnes* (1929), un ouvrier agricole aime, de loin, une jeune fille inaccessible qu'il n'a fait qu'entrevoir. Il se confie un jour à l'un de ses collègues de travail… (Baumugnes est le nom de son village natal.)

Un soir, on se met ici où nous sommes, sur la terrasse, un soir comme ce soir. C'était tard. Il coulait entre les arbres un torrent de silence qui noyait tout. Moi, je pensais au pays. Ça faisait trois mois à peine que j'en étais parti. [...]

Une belle nuit !
Les choses de la terre, mon vieux, j'ai tant vécu avec elles, j'ai tant fait ma vie dans l'espace qu'elles laissaient, j'ai tant eu d'amis arbres, le vent s'est tant frotté contre moi que, quand j'ai de la peine, c'est à elles que je pense pour la consolation.
Je regardais donc mon pays dans moi, et c'était de la douleur ; mais dans l'orme, là, en face, ce fut le rossignol qui chanta, puis, tous

les bassins ronflèrent sous les gosiers des rainettes, puis la chouette se mit à chouler[1] et, alors, la lune sauta par-dessus la colline.
Juste à ce moment, le bruit d'un char vint d'en haut ; de char, de charrette plutôt, et qui allait vite, cheval au grand trot.
L'an dernier, à cette maison que tu vois là-bas, fermée et tout aveugle de volets, il y avait une épicerie. Une épicerie modèle, qu'ils disaient. Elle a fait « banque »[2]. L'homme s'est foutu un coup de fusil dans la ganache et on a vendu la moutarde et le sel à l'encan[3]. Mais, l'an dernier, elle restait ouverte très tard, avec toutes ses lumières, parce qu'elle faisait déjà de mauvaises affaires et qu'en restant tard, elle espérait toujours que quelqu'un viendrait quand il aurait fait le tour des autres magasins fermés.
L'attelage s'arrête devant l'épicerie, d'un coup de rêne en première[4] : le patatro[5], puis, d'un seul coup, les quatre sabots plantés dans la poussière, et, plus de bruit. Une bonne main qui menait, solide et juste. C'était une fille.
Je dis bien : une fille, et pas une femme, parce que, ici, une femme de la campagne, tu les connais comme moi, c'est du bois et de la pierre ; ça marche comme un saint qu'on porte, tout d'une pièce, usé que c'est par la terre et par l'homme. Ça, c'était une fille : deux sauts de pigeon, et la voilà dans la boutique. Je la voyais de côté : son nez et sa bouche, c'était juste devant la lumière, et c'était net, et c'était beau, j'en ai encore plein la tête.
Et l'épicier est venu jusqu'à la carriole porter les paquets parce qu'il se disait qu'avec une cliente comme ça tous les soirs, il pourrait peut-être éviter de se fourrer les canons de son fusil de chasse dans la bouche.
Elle prend les guides, dit : « oh, hi, oh » de sa voix qui est encore là, avec d'autres mots, dans ma tête, et vire[6]. Alors, c'est la lune qui lui tape en plein dessus, du pied au cheveu, et c'est elle que je vois, entière, avec ses jambes et son doux ventre et ses deux seins pleins que le corsage tenait, et sa belle tête aux tresses tortillées.

1. Crier (pour une chouette).
2. Banqueroute : faillite.
3. Aux enchères.
4. Très adroit (de première qualité).
5. Cri du conducteur.
6. Fait demi-tour.

Je suis d'une race où on n'a pas de sainte vierge[7] et toi, compagnon, comme moi, tu ne vas pas souvent dans les églises, bien sûr, mais, tu sais, si tu te souviens de ton temps de jeunot, la belle figure qu'on y fait à la vierge de ces pays, comme regard et comme bras pliés pour tenir l'enfant, avec des courbes pareilles à celles des osiers quand on prépare la corbeille, comme épaules et comme tout, tu t'en souviens ?
C'était ça !
La vierge !

Ce que je t'en dis, c'est long. Ça s'était fait au viré de l'œil[8] ; cheval de sang et poigne de maître ça allait vite. Ça filait comme un passage d'étoiles, mais c'est resté, parce que c'était de belle force.

Jean Giono, *Un de Baumugnes*, Éd. Bernard Grasset.

Illustration de Roger Grillon, 1935.

7. Dans l'Église protestante, on ne célèbre pas le culte de la Vierge Marie.

8. En un clin d'œil (le temps de regarder dans une autre direction).

Lettres de mon moulin

L'Arlésienne

Pour aller au village, en descendant de mon moulin, on passe devant un mas[1] bâti près de la route au fond d'une grande cour plantée de micocouliers[2]. C'est la vraie maison du *ménager*[3] de Provence, avec ses tuiles rouges, sa large façade brune irrégulièrement percée, puis tout en haut la girouette du grenier, la poulie pour hisser les meules et quelques touffes de foin brun qui dépassent...

Pourquoi cette maison m'avait-elle frappé ? Pourquoi ce portail fermé me serrait-il le cœur ? Je n'aurais pas pu le dire, et pourtant ce logis me faisait froid. Il y avait trop de silence autour... Quand on passait, les chiens n'aboyaient pas, les pintades s'enfuyaient sans crier... À l'intérieur, pas une voix ! Rien, pas même un grelot de mule... Sans les rideaux blancs des fenêtres et la fumée qui montait des toits, on aurait cru l'endroit inhabité.

Hier, sur le coup de midi, je revenais du village, et, pour éviter le soleil, je longeais les murs de la ferme, dans l'ombre des micocouliers... Sur la route, devant le mas, des valets silencieux achevaient de charger une charrette de foin... Le portail était resté ouvert. Je jetai un regard en passant, et je vis, au fond de la cour, accoudé, – la tête dans ses mains, – sur une large table de pierre, un grand vieux tout blanc, avec une veste trop courte et des culottes en lambeaux... Je m'arrêtai. Un des hommes me dit tout bas :

« Chut ! c'est le maître... Il est comme ça depuis le malheur de son fils. »

1. Voir p. 40, note 4.
2. Arbres de la famille de l'orme, qui poussent dans les régions méditerranéennes.
3. Fermier en provençal (voir p. 14, note 4.)

À ce moment, une femme et un petit garçon, vêtus de noir, passèrent près de nous avec de gros paroissiens[4] dorés, et entrèrent à la ferme.

L'homme ajouta :

« ... La maîtresse et Cadet[5] qui reviennent de la messe. Ils y vont tous les jours, depuis que l'enfant s'est tué... Ah ! monsieur, quelle désolation !... Le père porte encore les habits du mort ; on ne peut pas les lui faire quitter... Dia ! hue ![6] la bête ! »

La charrette s'ébranla pour partir. Moi, qui voulais en savoir plus long, je demandai au voiturier de monter à côté de lui, et c'est là-haut, dans le foin, que j'appris toute cette navrante histoire.

Il s'appelait Jan. C'était un admirable paysan de vingt ans, sage comme une fille, solide et le visage ouvert. Comme il était très beau, les femmes le regardaient ; mais lui n'en avait qu'une en tête – une petite Arlésienne, toute en velours et en dentelles, qu'il avait rencontrée sur la lice[7] d'Arles, une fois. Au mas, on ne vit pas d'abord cette liaison avec plaisir. La fille passait pour coquette[8], et ses parents n'étaient pas du pays.

Mais Jan voulait son Arlésienne à toute force. Il disait :

« Je mourrai si on ne me la donne pas. »

Il fallut en passer par là. On décida de les marier après la moisson.

Donc, un dimanche soir, dans la cour du mas, la famille achevait de dîner. C'était presque un repas de noce. La fiancée n'y assistait pas, mais on avait bu en son honneur tout le temps... Un homme se présente à la porte, et, d'une voix

4. Livres de messe.
5. Ce peut être le prénom du garçon (cf. Cadet Rousselle) ou un surnom (le fils cadet par opposition à l'aîné).
6. Voir p. 40, note 6.
7. Le boulevard des Lices, vaste avenue ombragée, est le lieu de promenade favori des Arlésiens.
8. Au sens propre du mot : qui cherche à plaire à tous les hommes, donc frivole.

qui tremble, demande à parler à maître Estève, à lui seul. Estève se lève et sort sur la route.

« Maître, lui dit l'homme, vous allez marier votre enfant à une coquine[9], qui a été ma maîtresse pendant deux ans. Ce que j'avance, je le prouve : voici des lettres !... Ses parents savent tout et me l'avaient promise ; mais depuis que votre fils la recherche, ni eux ni la belle ne veulent plus de moi... J'aurais cru pourtant qu'après ça elle ne pouvait pas être la femme d'un autre.

– C'est bien, dit maître Estève quand il eut regardé les lettres ; entrez boire un verre de muscat[10]. »

L'homme répond :

« Merci ! j'ai plus de chagrin que de soif. »

Et il s'en va.

Le père rentre, impassible[11] : il reprend sa place à table ; et le repas s'achève gaiement...

Ce soir-là, maître Estève et son fils s'en allèrent ensemble dans les champs. Ils restèrent longtemps dehors ; quand ils revinrent, la mère les attendait encore.

« Femme, dit le *ménager*, en lui amenant son fils, embrasse-le ! il est malheureux... »

Jan ne parla plus de l'Arlésienne. Il l'aimait toujours cependant, et même plus que jamais, depuis qu'on la lui avait montrée dans les bras d'un autre. Seulement il était trop fier pour rien dire ; c'est ce qui le tua, le pauvre enfant !... Quelquefois il passait des journées entières seul dans un coin, sans bouger. D'autres jours, il se mettait à la terre avec rage et abattait à lui seul le travail de dix journaliers[12]... Le soir venu, il prenait la route d'Arles et marchait devant lui jusqu'à

9. Une femme malhonnête (sens ancien).
10. Vin cuit.
11. Sans montrer ce qu'il ressent intérieurement.
12. Ouvriers agricoles payés à la journée.

ce qu'il vît monter dans le couchant les cloches grêles[13] de la ville. Alors, il revenait. Jamais il n'alla plus loin.

De le voir ainsi, toujours triste et seul, les gens du mas ne savaient plus que faire. On redoutait un malheur... Une fois, à table, sa mère, en le regardant avec des yeux pleins de larmes, lui dit :

« Eh bien, écoute, Jan, si tu la veux tout de même, nous te la donnerons. »

Le père, rouge de honte, baissait la tête.

Jan fit signe que non, et il sortit...

À partir de ce jour, il changea sa façon de vivre, affectant d'être toujours gai, pour rassurer ses parents. On le revit au bal, au cabaret, dans les ferrades[14]. À la vote[15] de Fontvieille, c'est lui qui mena la farandole.

Le père disait : « Il est guéri. » La mère, elle, avait toujours des craintes et plus que jamais surveillait son enfant... Jan couchait avec Cadet, tout près de la magnanerie[16] ; la pauvre vieille se fit dresser un lit à côté de leur chambre... Les magnans pouvaient avoir besoin d'elle, dans la nuit...

Vint la fête de saint Éloi, patron des ménagers.

Grande joie au mas... Il y eut du châteauneuf[17] pour tout le monde et du vin cuit comme s'il en pleuvait. Puis des pétards, des feux sur l'aire[18], des lanternes de couleur plein les micocouliers... Vive saint Éloi ! On farandola à mort. Cadet brûla sa blouse neuve... Jan lui-même avait l'air content : il voulut faire danser sa mère ; la pauvre femme en pleurait de bonheur.

13. Très fines. Jan s'approche jusqu'à ce qu'il voie (ou entende) les clochers de la ville. Le moulin de Daudet est à dix kilomètres d'Arles.
14. Fêtes célébrées à l'occasion du marquage au fer rouge du bétail.
15. Fête votive, le jour de la fête du saint patron de la bourgade.
16. Local où l'on pratique l'élevage des vers à soie (ou magnans).
17. Vin de Châteauneuf-du-Pape (Vaucluse) : un grand cru de la région d'Avignon.
18. Emplacement de la cour où l'on battait le grain.

À minuit, on alla se coucher. Tout le monde avait besoin de dormir... Jan ne dormit pas, lui. Cadet a raconté depuis que toute la nuit il avait sangloté...

Ah ! je vous réponds qu'il était bien mordu[19], celui-là...

Le lendemain, à l'aube, la mère entendit quelqu'un traverser sa chambre en courant. Elle eut comme un pressentiment[20] :

« Jan, c'est toi ? »

Jan ne répond pas ; il est déjà dans l'escalier.

Vite, vite la mère se lève :

« Jan, où vas-tu ? »

Il monte au grenier, elle monte derrière lui :

« Mon fils, au nom du Ciel ! »

Il ferme la porte et tire le verrou.

« Jan, mon Janet, réponds-moi. Que vas-tu faire ? »

À tâtons, de ses vieilles mains qui tremblent, elle cherche le loquet !... Une fenêtre qui s'ouvre, le bruit d'un corps sur les dalles de la cour, et c'est tout...

Il s'était dit, le pauvre enfant : « Je l'aime trop... Je m'en vais... » Ah ! misérables cœurs que nous sommes ! C'est un peu fort pourtant que le mépris ne puisse pas tuer l'amour !...

Ce matin-là, les gens du village se demandèrent qui pouvait crier ainsi là-bas, du côté du mas d'Estève...

C'était, dans la cour, devant la table de pierre couverte de rosée et de sang, la mère toute nue qui se lamentait, avec son enfant mort sur ses bras.

19. Passionnément amoureux.
20. Elle devine obscurément que quelque chose de grave va se produire.

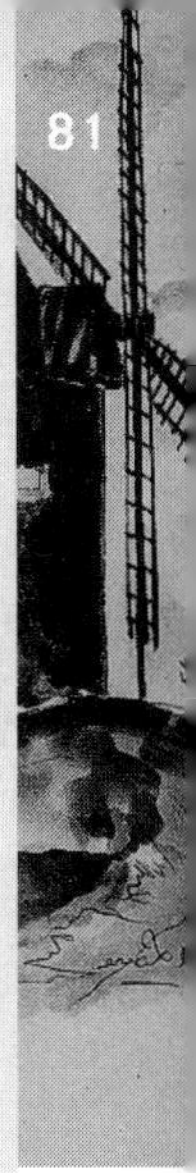

Repérer et analyser

La situation d'énonciation

1 Qui le pronom « je » désigne-t-il à la ligne 9 ?

2 **a.** Combien de temps s'est écoulé entre le moment où le narrateur écrit et le moment où l'histoire de l'Arlésienne lui a été racontée ?
b. Quel personnage la lui a racontée ? Justifiez vos réponses en citant le texte.

L'élément déclencheur (l. 1 à 39)

3 **a.** Quel est l'élément qui déclenche la curiosité du narrateur ?
b. Quelle description en fait-il ?

4 **a.** Montrez en citant le texte (l. 1 à 39) que le narrateur a l'art d'impliquer le lecteur.
b. Le lecteur connaît-il dès ces premières lignes le dénouement de l'histoire qu'il va lire ? L'intérêt de la lecture en est-il amoindri ? Justifiez votre réponse.

Le récit encadré (l. 40 à 135)

Les événements et le rythme

5 **a.** Quels sont les principaux événements qui constituent l'histoire de Jan ?
b. Qui en sont les principaux acteurs ?

6 Le rythme

> – On appelle rythme de la narration le rapport entre le temps de l'histoire (durée fictive des événements racontés, comptée en années, mois, jours, heures…) et le temps du récit (compté en lignes ou en pages).
> – On parle de scène lorsque le temps du récit est à peu près égal au temps de l'histoire, autrement dit, lorsque le narrateur donne au lecteur l'illusion que la durée des événements racontés équivaut au temps qu'il met à lire le texte. Les scènes comportent souvent des dialogues. Elles marquent les temps forts de l'action.

a. Relisez les lignes 115 à 127. En quoi s'agit-il d'une scène ? Appuyez-vous sur le nombre des verbes d'action et sur la durée écoulée.
b. Quel est le temps utilisé dans cette scène ? Quelle est la valeur de ce temps ? Quel est l'effet produit par l'ensemble ?

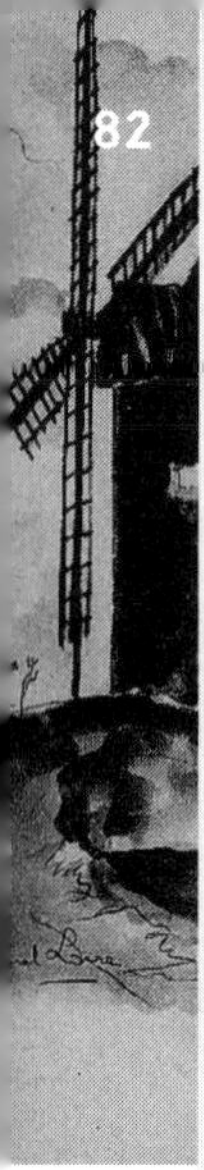

Le point de vue

Identifier le point de vue, c'est dire sous quel angle le narrateur raconte, donne à voir ou à entendre.

7 **a.** Selon quel point de vue la scène est-elle racontée dans les lignes 115 à 127 ?
b. Est-elle vue ou entendue ? Justifiez votre réponse. Quel est l'effet produit ?

Le personnage de Jan

8 **a.** Tracez le portrait physique de Jan (l. 40 à 42).
b. De quels différents traits de caractère Jan fait-il preuve (l. 47-48 et l. 78) ?

9 Montrez, en vous appuyant sur le texte, que Jan traduit sa souffrance par sa conduite.

10 **a.** Quel moment Jan a-t-il choisi pour accomplir son geste fatal ?
b. Pour quelle raison a-t-il choisi ce moment ?

L'Arlésienne

11 **a.** Qui est ce personnage ? Où Jan l'a-t-il rencontré ? Quelle image en donne-t-il ?
b. Quelle opinion ses parents en ont-ils ?
c. Quel portrait l'homme étranger en fait-il ?

Le tableau final

12 **a.** Montrez que le narrateur réintroduit un élément du décor initial dans les dernières lignes du récit. Retrouvez le passage où il était question de cet élément.
b. Quel est l'effet produit par le rapprochement des deux passages ?

13 Le motif de la Pietà

Dans l'art religieux, on appelle « Pietà » la représentation de la Vierge Marie portant le corps de Jésus après sa mort. Une des plus connues est celle de Michel-Ange.

En quoi la dernière image du texte reprend-elle le motif de la Pietà ? Quel est l'effet produit ?

La visée

14 Relevez la réflexion du narrateur qui conclut le récit. Que signifie-t-elle ?

15 Justifiez le choix du titre de ce récit.
Quels sentiments et émotions le narrateur cherche-t-il à partager avec son lecteur ?

Écrire

Rédiger un portrait

16 Rédigez deux portraits de l'Arlésienne :
- l'un fait par Jan à l'un de ses amis ;
- l'autre fait par la mère de Jan au narrateur.

Étudier la langue

Étudier une expression

17 **a.** Recherchez ce que signifie de nos jours l'expression « C'est l'Arlésienne ».
b. Comment l'expliquez-vous ?

Lettres de mon moulin

La Mule du pape

De tous les jolis dictons, proverbes ou adages[1], dont nos paysans de Provence passementent[2] leurs discours, je n'en sais pas un plus pittoresque ni plus singulier que celui-ci. À quinze lieues autour de mon moulin, quand on parle d'un homme rancunier[3], vindicatif[4], on dit : « Cet homme-là ! méfiez-vous !... il est comme la mule du Pape, qui garda sept ans son coup de pied. »

J'ai cherché bien longtemps d'où ce proverbe pouvait venir, ce que c'était que cette mule papale et ce coup de pied gardé pendant sept ans. Personne ici n'a pu me renseigner à ce sujet, pas même Francet Mamaï[5], mon joueur de fifre, qui connaît pourtant son légendaire[6] provençal sur le bout du doigt. Francet pense comme moi qu'il y a là-dessous quelque ancienne chronique du pays d'Avignon, mais il n'en a jamais entendu parler autrement que par le proverbe.

« Vous ne trouverez cela qu'à la bibliothèque des Cigales », m'a dit le vieux fifre en riant.

L'idée m'a paru bonne, et comme la bibliothèque des Cigales est à ma porte, je suis allé m'y enfermer pendant huit jours.

C'est une bibliothèque merveilleuse, admirablement montée, ouverte aux poètes jour et nuit, et desservie par de petits bibliothécaires à cymbales qui vous font de la musique tout le temps. J'ai passé là quelques journées délicieuses, et, après une semaine de recherches, – sur le dos, – j'ai fini par

1. Les trois mots sont presque synonymes : un dicton est un proverbe propre à une région. À la différence du proverbe et du dicton, l'adage n'utilise pas le sens figuré. Par exemple : « Le ciel est rouge, il fera beau demain » est un adage.

2. Ornent.

3. Qui se souvient du mal qu'on lui a fait.

4. Qui aime se venger.

5. Voir p. 16, note 17. Francet est joueur de fifre (petite flûte provençale).

6. Recueil de légendes.

découvrir ce que je voulais, c'est-à-dire l'histoire de ma mule et de ce fameux coup de pied gardé pendant sept ans. Le conte en est joli quoique un peu naïf, et je vais essayer de vous le dire tel que je l'ai lu hier matin dans un manuscrit couleur du temps, qui sentait bon la lavande sèche et avait de grands fils de la Vierge[7] pour signets[8].

Qui n'a pas vu Avignon du temps des Papes, n'a rien vu. Pour la gaieté, la vie, l'animation, le train des fêtes, jamais une ville pareille. C'étaient, du matin au soir, des processions, des pèlerinages, les rues jonchées de fleurs, tapissées de hautes lices[9], des arrivages de cardinaux par le Rhône, bannières au vent, galères pavoisées, les soldats du Pape qui chantaient du latin sur les places, les crécelles[10] des frères quêteurs ; puis, du haut en bas des maisons qui se pressaient en bourdonnant autour du grand palais papal comme des abeilles autour de leur ruche, c'étaient encore le tic-tac des métiers à dentelles, le va-et-vient des navettes[11] tissant l'or des chasubles[12], les petits marteaux des ciseleurs de burettes[13], les tables d'harmonie[14], qu'on ajustait chez les luthiers[15], les cantiques des ourdisseuses[16] ; par là-dessus le bruit des cloches, et toujours quelques tambourins qu'on entendait ronfler, là-bas, du côté du pont[17]. Car chez nous, quand le peuple est content, il faut qu'il danse, il faut qu'il danse ; et comme en ce temps-là les rues de la ville étaient trop étroites pour la farandole, fifres et tambourins se postaient sur le pont d'Avignon, au vent frais

7. Fils d'araignée qui flottent dans l'air.
8. Bande d'étoffe ou de papier qui sert à marquer la page d'un livre.
9. Tapisseries.
10. Moulinets de bois dont se servent ces religieux mendiants pour attirer l'attention des passants.
11. Instrument de tissage.
12. Vêtement en forme de manteau antique que le prêtre porte pour dire la messe.
13. Petites bouteilles utilisées pour la messe.
14. Partie d'un violon sur laquelle on tend les cordes.
15. Fabricants d'instruments à cordes.
16. Ouvrières en tissage.
17. Le pont Saint-Bénezet (XIIe siècle), rendu célèbre par la chanson *Sur le pont d'Avignon*.

du Rhône, et jour et nuit l'on y dansait, l'on y dansait... Ah! l'heureux temps! l'heureuse ville! Des hallebardes qui ne coupaient pas; des prisons d'État où l'on mettait le vin à rafraîchir. Jamais de disette[18]; jamais de guerre... Voilà comment les Papes du Comtat[19] savaient gouverner leur peuple: voilà pourquoi leur peuple les a tant regrettés!...

Il y en a un surtout, un bon vieux, qu'on appelait Boniface. Oh! celui-là, que de larmes on a versées en Avignon, quand il est mort! C'était un prince si aimable, si avenant[20]! Il vous riait[21] si bien du haut de sa mule! Et quand vous passiez près de lui, – fussiez-vous un pauvre petit tireur de garance[22] ou le grand viguier[23] de la ville, – il vous donnait sa bénédiction si poliment! Un vrai pape d'Yvetot[24], mais d'un Yvetot de Provence, avec quelque chose de fin dans le rire, un brin de marjolaine à sa barrette[25], et pas la moindre Jeanneton[26]... La seule Jeanneton qu'on lui ait jamais connue, à ce bon père, c'était sa vigne, – une petite vigne qu'il avait plantée lui-même, à trois lieues d'Avignon, dans les myrtes[27] de Château-Neuf.

Tous les dimanches, en sortant de Vêpres[28], le digne homme allait lui faire sa cour, et quand il était là-haut, assis au bon soleil, sa mule près de lui, ses cardinaux[29] tout autour étendus aux pieds des souches[30], alors il faisait déboucher un flacon de vin du cru, – ce beau vin, couleur de rubis, qui s'est appelé depuis le Château-Neuf des Papes, – et il le dégustait par petits

18. Famine.
19. Le Comtat Venaissin: région de Carpentras (voir Se documenter, p. 101).
20. Aimable, sympathique.
21. Souriait.
22. Cueilleur de garance (plante aux fleurs rouges, autrefois utilisée comme colorant).
23. Juge.
24. Petite ville de Normandie qui, dans une chanson connue à l'époque de Daudet, se donnait pour rire un roi («Il était un roi d'Yvetot... Se couchant tard, se levant tôt... Et couronné par Jeanneton d'un simple bonnet de coton»).
25. Bonnet noir que portaient autrefois les hommes d'Église.
26. Prénom symbolisant la femme amoureuse (voir note 24).
27. Plantes à l'odeur agréable.
28. Prière de l'après-midi.
29. Collaborateurs immédiats du pape qui élisent celui-ci.
30. Racines. Ici: plants de vigne.

Illustration de Didier Girard, 1926.

coups, en regardant sa vigne d'un air attendri. Puis, le flacon vidé, le jour tombant, il rentrait joyeusement à la ville, suivi de tout son chapitre[31]; et, lorsqu'il passait sur le pont d'Avignon, au milieu des tambours et des farandoles, sa mule, mise en train par la musique, prenait un petit amble[32] sautillant, tandis que lui-même il marquait le pas de la danse avec sa barrette[33], ce qui scandalisait fort ses cardinaux, mais faisait dire à tout le peuple: « Ah! le bon prince! Ah! le brave pape! »

Après sa vigne de Château-Neuf, ce que le pape aimait le plus au monde, c'était sa mule. Le bonhomme en raffolait de cette bête-là. Tous les soirs avant de se coucher, il allait voir si son écurie était bien fermée, si rien ne manquait dans sa mangeoire, et jamais il ne se serait levé de table sans faire préparer sous ses yeux un grand bol de vin à la française[34], avec beaucoup de sucre et d'aromates, qu'il allait lui porter lui-même, malgré les observations de ses cardinaux... Il faut dire aussi que la bête en valait la peine. C'était une belle mule noire, mouchetée de rouge, le pied sûr, le poil luisant, la croupe large et pleine, portant fièrement sa petite tête sèche toute harnachée de pompons, de nœuds, de grelots d'argent, de bouffettes[35]; avec cela douce comme un ange, l'œil naïf, et deux longues oreilles toujours en branle[36], qui lui donnaient l'air bon enfant. Tout Avignon la respectait, et, quand elle allait dans les rues, il n'y avait pas de bonnes manières qu'on ne lui fît; car chacun savait que c'était le meilleur moyen d'être bien en cour[37] et qu'avec son air innocent, la mule du Pape en avait mené plus d'un à la fortune, à preuve Tistet Védène et sa prodigieuse aventure.

31. Son conseil. D'où l'expression: « avoir voix au chapitre ».
32. La bête avance en même temps ses pattes de droite, puis celles de gauche, au lieu d'alterner, comme elle le fait habituellement.
33. Voir p. 86, note 25.
34. Vin sucré et aromatisé.
35. Petits rubans.
36. En mouvement.
37. D'être bien vu.

Ce Tistet Védène était, dans le principe[38], un effronté galopin, que son père, Guy Védène, le sculpteur d'or, avait été obligé de chasser de chez lui, parce qu'il ne voulait rien faire et débauchait[39] les apprentis. Pendant six mois, on le vit traîner sa jaquette dans tous les ruisseaux d'Avignon, mais principalement du côté de la maison papale ; car le drôle avait depuis longtemps son idée sur la mule du Pape, et vous allez voir que c'était quelque chose de malin... Un jour que Sa Sainteté[40] se promenait toute seule sous les remparts avec sa bête, voilà mon Tistet qui l'aborde, et lui dit en joignant les mains d'un air d'admiration :

« Ah ! mon Dieu ! grand Saint-Père, quelle brave mule vous avez là !... Laissez un peu que je la regarde... Ah ! mon Pape, la belle mule !... L'empereur d'Allemagne n'en a pas une pareille. »

Et il la caressait, et il lui parlait doucement comme à une demoiselle :

« Venez çà, mon bijou, mon trésor, ma perle fine... »

Et le bon Pape, tout ému, se disait dans lui-même :

« Quel bon petit garçonnet !... Comme il est gentil avec ma mule ! »

Et puis le lendemain, savez-vous ce qui arriva ? Tistet Védène troqua sa vieille jaquette jaune contre une belle aube[41] en dentelles, un camail[42] de soie violette, des souliers à boucles, et il entra dans la maîtrise[43] du Pape, où jamais avant lui on n'avait reçu que des fils de nobles et des neveux de cardinaux... Voilà ce que c'est que l'intrigue[44] !... Mais Tistet ne s'en tint pas là.

38. Au fond de lui-même.
39. Il les empêchait de travailler et les entraînait à commettre des méfaits.
40. Titre décerné au pape, aujourd'hui encore. On l'appelle aussi le Saint-Père.
41. Grande robe blanche portée pour les cérémonies par les prêtres et leurs assistants.
42. Sorte de petit capuchon porté par les gens d'Église.
43. Groupe d'enfants qui participent aux cérémonies religieuses comme chanteurs, servants, etc.
44. L'habileté qui manœuvre pour obtenir des avantages.

Une fois au service du Pape, le drôle continua le jeu qui lui avait si bien réussi. Insolent avec tout le monde, il n'avait d'attentions ni de prévenances que pour la mule, et toujours on le rencontrait par les cours du palais avec une poignée d'avoine ou une bottelée de sainfoin[45] dont il secouait gentiment les grappes roses en regardant le balcon du Saint-Père, d'un air de dire : « Hein !... pour qui ça ?... » Tant et tant qu'à la fin le bon Pape, qui se sentait devenir vieux, en arriva à lui laisser le soin de veiller sur l'écurie et de porter à la mule son bol de vin à la française ; ce qui ne faisait pas rire les cardinaux.

Ni la mule non plus, cela ne la faisait pas rire... Maintenant, à l'heure de son vin, elle voyait toujours arriver chez elle cinq ou six petits clercs[46] de maîtrise qui se fourraient vite dans la paille avec leur camail et leurs dentelles ; puis, au bout d'un moment, une bonne odeur chaude de caramel et d'aromates emplissait l'écurie, et Tistet Védène apparaissait portant avec précaution le bol de vin à la française. Alors le martyre de la pauvre bête commençait.

Ce vin parfumé qu'elle aimait tant, qui lui tenait chaud, qui lui mettait des ailes, on avait la cruauté de le lui apporter, là, dans sa mangeoire, de le lui faire respirer ; puis, quand elle en avait les narines pleines, passe, je t'ai vu ! la belle liqueur de flamme[47] rose s'en allait toute dans le gosier de ces garnements... Et encore, s'ils n'avaient fait que lui voler son vin ; mais c'étaient comme des diables, tous ces petits clercs, quand ils avaient bu !... l'un lui tirait les oreilles, l'autre la queue ; Quiquet lui montait sur le dos, Béluguet lui essayait sa barrette, et pas un de ces galopins ne songeait que d'un coup de reins ou d'une ruade la brave bête aurait pu les envoyer tous dans

45. Plante à fleurs rouges ou jaunes, très appréciée du bétail.
46. Enfants qui assistent un prêtre aux offices.
47. Couleur de flamme.

l'étoile polaire, et même plus loin... Mais non ! On n'est pas pour rien la mule du Pape, la mule des bénédictions et des indulgences[48]... Les enfants avaient beau faire, elle ne se fâchait pas ; et ce n'était qu'à Tistet Védène qu'elle en voulait... Celui-là, par exemple, quand elle le sentait derrière elle, son sabot lui démangeait, et vraiment il y avait bien de quoi. Ce vaurien de Tistet lui jouait de si vilains tours ! Il avait de si cruelles inventions après boire[49] !...

Est-ce qu'un jour il ne s'avisa pas de la faire monter avec lui au clocheton[50] de la maîtrise, là-haut, tout là-haut, à la pointe du palais !... Et ce que je vous dis là n'est pas un conte, deux cent mille Provençaux l'ont vu. Vous figurez-vous la terreur de cette malheureuse mule, lorsque, après avoir tourné pendant une heure à l'aveuglette dans un escalier en colimaçon et grimpé je ne sais combien de marches, elle se trouva tout à coup sur une plate-forme éblouissante de lumière, et qu'à mille pieds au-dessous d'elle elle aperçut tout un Avignon fantastique, les baraques du marché pas plus grosses que des noisettes, les soldats du Pape devant leur caserne comme des fourmis rouges, et là-bas, sur un fil d'argent, un petit pont microscopique où l'on dansait, où l'on dansait... Ah ! pauvre bête ! quelle panique ! Du cri qu'elle en poussa, toutes les vitres du palais tremblèrent.

« Qu'est-ce qu'il y a ? qu'est-ce qu'on lui fait ? » s'écria le bon Pape en se précipitant sur son balcon.

Tistet Védène était déjà dans la cour, faisant mine de pleurer et de s'arracher les cheveux :

« Ah ! grand Saint-Père, ce qu'il y a ! Il y a que votre mule... mon Dieu ! qu'allons-nous devenir ? Il y a que votre mule est montée dans le clocheton...

– Toute seule ???

| **48.** Pouvoir du pape de pardonner les fautes. | **49.** Après avoir bu. | **50.** Petit clocher.

– Oui, grand Saint-Père, toute seule... Tenez ! regardez, là-haut... Voyez-vous le bout de ses oreilles qui passe ?... On dirait deux hirondelles...

– Miséricorde ! fit le pauvre Pape en levant les yeux... Mais elle est donc devenue folle ! Mais elle va se tuer... Veux-tu bien descendre, malheureuse !... »

Pécaïre[51] ! elle n'aurait pas mieux demandé, elle, que de descendre... mais par où ? L'escalier, il n'y fallait pas songer : ça se monte encore ces choses-là ; mais, à la descente, il y aurait de quoi se rompre cent fois les jambes... Et la pauvre mule se désolait, et, tout en rôdant sur la plate-forme avec ses gros yeux pleins de vertige, elle pensait à Tistet Védène :

« Ah ! bandit, si j'en réchappe[52]... quel coup de sabot demain matin ! »

Cette idée de coup de sabot lui redonnait un peu de cœur au ventre ; sans cela elle n'aurait pas pu se tenir... Enfin on parvint à la tirer de là-haut ; mais ce fut toute une affaire. Il fallut la descendre avec un cric, des cordes, une civière. Et vous pensez quelle humiliation pour la mule d'un pape de se voir pendue à cette hauteur, nageant des pattes dans le vide comme un hanneton au bout d'un fil. Et tout Avignon qui la regardait !

La malheureuse bête n'en dormit pas de la nuit. Il lui semblait toujours qu'elle tournait sur cette maudite plate-forme, avec les rires de la ville au-dessous, puis elle pensait à cet infâme Tistet Védène et au joli coup de sabot qu'elle allait lui détacher le lendemain matin. Ah ! mes amis, quel coup de sabot ! De Pampérigouste[53] on en verrait la fumée... Or, pendant qu'on lui préparait cette belle réception à l'écurie, savez-vous ce que faisait Tistet Védène ? Il descendait le Rhône en chantant sur une galère papale et s'en allait à la cour de Naples avec la troupe de jeunes nobles que la ville envoyait tous les ans près

51. Ou *peuchère* : la pauvre !
52. Si j'en sors vivante.
53. Voir. p. 14 : nom de localité imaginaire qui représente Fontvieille.

Illustration de Jean-Jean, XXe siècle.

de la reine Jeanne[54] pour s'exercer à la diplomatie[55] et aux belles manières. Tistet n'était pas noble; mais le Pape tenait à le récompenser des soins qu'il avait donnés à sa bête, et principalement de l'activité qu'il venait de déployer pendant la journée du sauvetage.

C'est la mule qui fut désappointée[56] le lendemain !

« Ah ! le bandit ! il s'est douté de quelque chose !... pensait-elle en secouant ses grelots avec fureur... Mais c'est égal[57], va, mauvais; tu le retrouveras au retour, ton coup de sabot... je te le garde ! »

Et elle le lui garda.

Après le départ de Tistet, la mule du Pape retrouva son train[58] de vie tranquille et ses allures d'autrefois. Plus de Quiquet, plus de Béluguet à l'écurie. Les beaux jours du vin à la française étaient revenus, et avec eux la bonne humeur, les longues siestes, et le petit pas de gavotte[59] quand elle passait sur le pont d'Avignon. Pourtant, depuis son aventure, on lui marquait toujours un peu de froideur[60] dans la ville. Il y avait des chuchotements sur sa route; les vieilles gens hochaient la tête, les enfants riaient en se montrant le clocheton. Le bon Pape lui-même n'avait plus autant de confiance en son amie, et, lorsqu'il se laissait aller à faire un petit somme sur son dos, le dimanche en revenant de la vigne, il gardait toujours cette arrière-pensée : « Si j'allais me réveiller là-haut, sur la plate-forme ! » La mule voyait cela et elle en souffrait, sans rien dire; seulement, quand on prononçait le nom de Tistet Védène devant elle, ses longues oreilles frémissaient, et elle aiguisait avec un petit rire le fer de ses sabots sur le pavé.

54. Les souverains de Naples étaient les alliés des papes d'Avignon. Jeanne I régna de 1343 à 1382.
55. Le métier d'ambassadeur.
56. Déçue.
57. Ça ne fait rien.
58. Sa manière de vivre.
59. Danse à deux temps.
60. On n'a plus autant d'affection qu'avant.

Sept ans se passèrent ainsi ; puis, au bout de ces sept années, Tistet Védène revint de la cour de Naples. Son temps n'était pas encore fini là-bas ; mais il avait appris que le premier moutardier[61] du Pape venait de mourir subitement en Avignon, et, comme la place lui semblait bonne, il était arrivé en grande hâte pour se mettre sur les rangs.

Quand cet intrigant[62] de Védène entra dans la salle du palais, le Saint-Père eut peine à le reconnaître, tant il avait grandi et pris du corps[63]. Il faut dire aussi que le bon Pape s'était fait vieux de son côté, et qu'il n'y voyait pas bien sans besicles.

Tistet ne s'intimida pas.

« Comment ! grand Saint-Père, vous ne me reconnaissez plus ?... C'est moi, Tistet Védène !...

– Védène ?...

– Mais oui, vous savez bien... celui qui portait le vin français à votre mule.

– Ah ! oui... oui... je me rappelle... Un bon petit garçonnet, ce Tistet Védène !... Et maintenant, qu'est-ce qu'il veut de nous ?

– Oh ! peu de chose, grand Saint-Père... Je venais vous demander... À propos, est-ce que vous l'avez toujours, votre mule ? Et elle va bien ?... Ah ! tant mieux !... Je venais vous demander la place du premier moutardier qui vient de mourir.

– Premier moutardier, toi !... Mais tu es trop jeune. Quel âge as-tu donc ?

– Vingt ans deux mois, illustre pontife[64], juste cinq ans de plus que votre mule... Ah ! palme de Dieu[65], la brave bête ! Si vous saviez comme je l'aimais cette mule-là !... comme je me

61. Notable attaché à la personne d'un souverain pour lui présenter la moutarde à table.
62. Cet ambitieux (voir p. 89, note 44).
63. Il avait grandi et grossi.
64. Le pape est appelé souverain pontife (en latin *pontifex* : celui qui fait un pont : le pape fait le pont entre Dieu et les hommes).
65. Juron : par la paume (de la main) de Dieu.

suis langui[66] d'elle en Italie !... Est-ce que vous ne me la laisserez pas voir ?

– Si, mon enfant, tu la verras, fit le bon Pape tout ému... Et puisque tu l'aimes tant, cette brave bête, je ne veux plus que tu vives loin d'elle. Dès ce jour, je t'attache à ma personne en qualité de premier moutardier... Mes cardinaux crieront, mais tant pis ! j'y suis habitué... Viens nous trouver demain, à la sortie des Vêpres, nous te remettrons les insignes de ton grade en présence de notre chapitre, et puis... je te mènerai voir la mule, et tu viendras à la vigne avec nous deux... hé ! hé ! Allons, va... »

Si Tistet Védène était content en sortant de la grande salle, avec quelle impatience il attendit la cérémonie du lendemain, je n'ai pas besoin de vous le dire. Pourtant il y avait dans le palais quelqu'un de plus heureux encore et de plus impatient que lui : c'était la mule. Depuis le retour de Védène jusqu'aux Vêpres du jour suivant, la terrible bête ne cessa de se bourrer d'avoine et de tirer au mur avec ses sabots de derrière. Elle aussi se préparait pour la cérémonie...

Et donc, le lendemain, lorsque Vêpres furent dites, Tistet Védène fit son entrée dans la cour du palais papal. Tout le haut clergé était là, les cardinaux en robes rouges, l'avocat du diable[67] en velours noir, les abbés[68] de couvent avec leurs petites mitres[69], les marguilliers[70] de Saint-Agrico, les camails violets de la maîtrise, le bas clergé[71] aussi, les soldats du Pape en grand uniforme, les trois confréries de pénitents[72], les ermites[73] du mont Ventoux avec leurs mines farouches et le petit clerc qui

66. Comme elle m'a manqué (tournure méridionale).
67. Lorsqu'on envisage de déclarer qu'un chrétien a été un saint, on fait une sorte de procès pour examiner ses qualités. Un juge est chargé de rechercher tout ce qu'on pourrait lui reprocher : c'est l'avocat du diable.
68. Supérieurs de couvent (à rang d'évêque).
69. Coiffure distinctive de l'évêque au cours des cérémonies.
70. Laïcs qui ont des responsabilités au sein de l'Église.
71. Les simples prêtres.
72. Voir p. 16, note 19.
73. Voir p. 63, note 4.

va derrière en portant la clochette[74], les frères flagellants[75], nus jusqu'à la ceinture, les sacristains[76] fleuris en robes de juges, tous, tous, tous, jusqu'aux donneurs d'eau bénite[77] et celui qui allume, et celui qui éteint[78]... Il n'y en avait pas un qui manquât... Ah! c'était une belle ordination[79]! Des cloches, des pétards, du soleil, de la musique, et toujours ces enragés de tambourins qui menaient la danse, là-bas, sur le pont d'Avignon.

Quand Védène parut au milieu de l'assemblée, sa prestance et sa belle mine y firent courir un murmure d'admiration. C'était un magnifique Provençal, mais des blonds, avec de grands cheveux frisés au bout et une petite barbe follette qui semblait prise aux copeaux de fin métal tombé du burin[80] de son père, le sculpteur d'or. Le bruit courait que dans cette barbe blonde les doigts de la reine Jeanne avaient quelquefois joué; et le sire de Védène avait bien, en effet, l'air glorieux et le regard distrait des hommes que les reines ont aimés... Ce jour-là, pour faire honneur à sa nation, il avait remplacé ses vêtements napolitains[81] par une jaquette bordée de rose à la Provençale, et sur son chaperon tremblait une grande plume d'ibis[82] de Camargue.

Sitôt entré, le premier moutardier salua d'un air galant et se dirigea vers le haut perron, où le Pape l'attendait pour lui remettre les insignes de son grade: la cuiller de buis jaune et l'habit de safran[83]. La mule était au bas de l'escalier, toute

74. Pour garantir leur solitude et éviter qu'on les approche, les ermites chargeaient parfois un enfant de les accompagner, armés d'une clochette.
75. Membres d'une association qui pratique la pénitence en se fouettant.
76. Personne chargée des soins matériels de l'église (ranger, nettoyer).
77. En entrant dans une église, la coutume est de faire le signe de croix après avoir trempé sa main dans l'eau bénite.
78. Personnes chargées d'allumer et d'éteindre les cierges des cérémonies.
79. Cérémonie au cours de laquelle un homme est ordonné prêtre.
80. Ciseau destiné à sculpter le métal.
81. Il vient de passer sept ans à Naples.
82. Oiseau échassier aux belles plumes duveteuses.
83. De couleur jaune vif.

harnachée et prête à partir pour la vigne... Quand il passa près d'elle, Tistet Védène eut un bon sourire et s'arrêta pour lui donner deux ou trois petites tapes amicales sur le dos, en regardant du coin de l'œil si le Pape le voyait. La position était bonne... La mule prit son élan :

« Tiens ! attrape, bandit ! Voilà sept ans que je te le garde ! »

Et elle vous lui détacha un coup de sabot si terrible, si terrible, que de Pampérigouste même on en vit la fumée, un tourbillon de fumée blonde où voltigeait une plume d'ibis ; tout ce qui restait de l'infortuné Tistet Védène !...

Les coups de pied de mule ne sont pas aussi foudroyants d'ordinaire ; mais celle-ci était une mule papale ; et puis, pensez donc ! elle le lui gardait depuis sept ans... Il n'y a pas de plus bel exemple de rancune[84] ecclésiastique.

84. Voir p. 84, note 3.

Repérer et analyser

Le narrateur

Le projet du narrateur

1 De quel proverbe le narrateur recherche-t-il l'origine ?

2 **a.** Le narrateur dit avoir effectué ses recherches dans la bibliothèque des cigales : de quelle bibliothèque s'agit-il en fait ?
b. Qui sont les « petits bibliothécaires à cymbales » ?
c. Dans quelle position le narrateur effectue-t-il ses recherches ? Le manuscrit dont il parle est-il un vrai manuscrit ? Justifiez vos réponses.

Les marques d'oralité

> Dans un récit écrit, le narrateur peut introduire des marques d'oralité, c'est-à-dire des expressions, des tournures de phrases que l'on utilise plutôt à l'oral, dans le langage parlé.

3 **a.** Montrez, en citant le texte, que le narrateur au fil du récit s'adresse à ses lecteurs comme s'ils étaient devant lui.
b. Quel est l'effet produit sur le lecteur par ce type d'interventions ?

Le cadre

4 **a.** Quelle image le narrateur donne-t-il de la ville d'Avignon au temps des papes (l. 31 à 55) ? Appuyez-vous notamment sur les notations de couleurs, de bruits, de mouvements et le type de phrase des lignes 50-51.
b. La description vous paraît-elle réaliste ou fantaisiste ?

La progression du récit

5 **a.** De quelle manière Tistet Vedène se fait-il remarquer du pape ?
b. Quelle première charge obtient-il (l. 101 à 127) ?

6 **a.** Quelles différentes tortures inflige-t-il à la mule ?
b. Quelle nouvelle charge se voit-il confier par le pape (l. 216 à 223) ?
c. Dans quelle ville se rend-il ? Pendant combien de temps y reste-t-il ?

7 **a.** Pour quelle raison revient-il à Avignon ?
b. Quelle charge prestigieuse le pape lui confie-t-il à son retour ?

8 Quel est l'événement qui clôt le récit ?

Les personnages

Le pape

9 **a.** Quelle image le narrateur donne-t-il du pape Boniface (caractère, mode de vie, rapport avec les autres...) ? Appuyez-vous sur le texte pour répondre.
b. En quoi le pape fait-il preuve de naïveté ?

Tistet Vedène

10 **a.** Faites le portrait de Tistet Vedène. Le personnage est-il sympathique ?
b. En quoi se montre-t-il habile avec le pape ? Quel but poursuit-il tout au long de l'histoire ?
c. Quel âge a-t-il au début de l'histoire ? Et à la fin, lorsqu'il revient à Avignon ? A-t-il changé physiquement et moralement ? Justifiez votre réponse.

La mule

11 **a.** Relevez les mots et expressions qui caractérisent la mule (l. 82 à 100). De quelle boisson raffole-t-elle ?
b. Quels différents sentiments éprouve-t-elle durant sa malheureuse aventure ? De quoi souffre-t-elle le plus ?
c. Pour quelle raison la mule en veut-elle plus à Tistet qu'aux autres garnements ? À partir de quel moment décide-t-elle de se venger ?

La visée

12 **a.** La visée explicative

Un récit peut avoir une visée explicative, c'est-à-dire qu'il vise à fournir une explication sur un mécanisme, un phénomène, une question que l'on se pose.

Montrez que ce récit a une visée explicative.
b. Sachant que la mule du pape est une pantoufle blanche brodée d'une croix, pouvez-vous dire comment Daudet en est venu à imaginer cette histoire ?

13 En quoi l'histoire de la mule du pape s'apparente-t-elle à un conte ? Selon vous, le lecteur est-il attristé ou amusé par ce récit ? Justifiez votre réponse.

Écrire

Imaginer un récit explicatif

14 **a.** Cherchez le sens des expressions populaires suivantes : « poser un lapin », « mettre la puce à l'oreille », « prendre la mouche », « avaler des couleuvres »…

b. Choisissez une de ces expressions et imaginez un court récit qui pourrait en fournir une explication fantaisiste.

Enquêter

Le pont d'Avignon

15 Recherchez des renseignements sur le pont d'Avignon. Essayez de retrouver les paroles ainsi que l'origine de la chanson « Sur le pont d'Avignon ».

Se documenter

Avignon au temps des papes

Tout au long du XIVe siècle, Avignon a été la cité des papes. En 1309, le pape Clément V s'y établit pour échapper aux querelles partisanes de Rome. Six papes lui succèdent en Avignon : Jean XXII, Benoît XIII, Clément VI, Innocent VI, Urbain V, Grégoire XI (mais aucun d'eux ne s'appelle Boniface, comme le héros de Daudet). Le château des papes, au cœur de la ville, agrandi et constitué en véritable citadelle, devient peu à peu la merveille architecturale que nous connaissons aujourd'hui. Mais, dans le dernier quart du XIVe siècle, les papes d'Avignon sont en rivalité avec des papes élus à Rome et ils sont considérés par ces derniers comme des « antipapes » ! C'est ce qu'on appelle le *Grand Schisme d'Occident*.

On se souvient que la Provence a été rattachée à la France au XVe siècle, mais c'est seulement pendant la Révolution française, en 1791, qu'Avignon et le Comtat Venaissin cessèrent de faire partie des États pontificaux.

Découvrir les écrivains de la Provence

Henri Bosco, *L'Âne Culotte*

Né en Avignon en 1888, mort en 1976, Henri Bosco place souvent l'action de ses romans dans le Lubéron, c'est-à-dire la bordure montagneuse de la Provence (voir ci-dessus, p. 63, note 1). Il aime comme Daudet les histoires pleines de poésie et de malice. Dans son roman, *L'Âne Culotte*, on découvre un personnage qui aime au moins autant son âne que le bon pape Boniface chérissait sa mule !

C'était bien l'âne le plus singulier qu'on pût rencontrer par les sentiers qui montent de Peïrouré[1] aux collines. Pendant le printemps et l'été, passe encore ! Par ses dehors rien ne le distinguait de tous les autres ânes qui font craquer le chardon sous leurs grosses dents jaunes, à vingt lieues à la ronde autour de ce beau village [...]
À première vue, un âne comme beaucoup d'ânes, un âne moyen ; non pas un âne pétulant[2], un de ces ânes qui sentent encore le lait de l'ânesse, qui cabriolent sur les talus, qui ruent dans les brancards, lèvent la croupe et braient comme douze trompettes dès qu'ils reniflent l'odeur enivrante de l'âne, et Dieu sait que c'est une odeur répandue ! ... Pas davantage un de ces vieux ânes butés, qui marchent le museau entre leurs pattes, sournois, rusés, aigris, la lippe[3] baveuse, méditant la ruade, le coup de dent, l'arrêt brusque, le départ en trombe et qui, patients sous les plus rudes volées[4] de bois vert, attendent de passer devant une mare fangeuse[5] pour courir s'y vautrer avec toute leur charge sur le dos.
Non !
Mais un âne discret, un âne un peu sur le retour[6], peut-être, le poil gris, bien brossé ; un âne à l'oreille nonchalante ; un âne à l'œil modeste ; un âne à la démarche mesurée ; un âne sans insolence ni bassesse ; un âne qui se savait âne et ne rougissait point de l'être,

1. Village où habite le jeune Constantin, le héros de l'histoire (et son narrateur).
2. Vif, qui a du mal à rester calme.
3. Lèvre (péjoratif, c'est-à-dire qui ajoute au mot une impression défavorable).
4. Correction sévère.
5. Pleine de boue (ou fange).
6. Un peu âgé, qui a atteint l'âge mûr.

mais qui l'était bien ; qui savait marcher, s'arrêter, repartir, tourner, boire, brouter, regarder, écouter, obéir, tout comme un âne ; un âne qui aimait certainement la réflexion ; un âne qui avait beaucoup vu, beaucoup appris, beaucoup pardonné ; un âne affectueux, sensible aux bonnes manières, poli dans ses contacts avec les ânes et déférent[7] sans platitude dans ses relations avec les hommes ; un âne qui pouvait se présenter partout, chez l'épicier, à la porte de l'auberge, devant l'Hôtel de Ville, sans causer un de ces bruyants scandales d'âne, comme en provoquent quelquefois par leurs cris et leur attitude incongrue[8] les autres ânes ; un âne pour tout dire qui se trouvait à sa place aussi bien dans son écurie que sur le parvis[9] de l'église ; un âne doué d'âme, bon aux faibles, honorant ses dieux ; un âne qui pouvait passer partout la tête haute, car il était honnête ; un âne qui, s'il y avait une justice parmi les ânes, eût été la gloire de sa race. Hélas ! toutes ces admirables qualités, qui lui valaient beaucoup de considération dans le village, elles risquaient chaque année, à l'entrée de l'hiver, de tomber dans l'oubli. Cette estime qu'on lui témoignait et dont à part soi il faisait certainement ses délices, il était menacé de la perdre dès les premiers froids de décembre. Car alors cet âne parfait portait des pantalons. À vrai dire, ces pantalons ne recouvraient que ses deux pattes antérieures. C'étaient de beaux pantalons de velours brun, côtelé, luisant, attachés au poitrail et au cou par des bretelles de cuir bien astiquées. L'échine et l'arrière-train recevaient la protection d'une couverture de laine et un bât[10] sanglé avec soin fixait ce remarquable équipement. Le malheur, c'est qu'il attirait singulièrement l'attention et si, comme l'a affirmé Lesage[11], il arrive que l'attention soit déjà de l'amour, le plus souvent, à notre avis, elle n'est que la mère de la malice[12]. À preuve que, la première fois que je rencontrai Culotte, je ne pus m'empêcher d'éclater de rire tellement je le trouvai ridicule.

Henri Bosco, *L'Âne Culotte*, Éd. Gallimard.

7. Respectueux, mais sans excès.
8. Qui manque aux règles du savoir-vivre.
9. Plate-forme devant le portail d'une église.
10. Sorte de large selle destinée aux paquets. (D'où les expressions *un âne bâté, c'est là que le bât blesse*…)
11. Auteur du XVIIIe siècle.
12. Méchanceté moqueuse.

Lettres de mon moulin

Les Vieux

« Une lettre, père Azan ?

– Oui, monsieur... ça vient de Paris. »

Il était tout fier que ça vînt de Paris, ce brave père Azan... Pas moi. Quelque chose me disait que cette Parisienne de la rue Jean-Jacques[1], tombant sur ma table à l'improviste et de si grand matin, allait me faire perdre toute ma journée. Je ne me trompais pas, voyez plutôt :

« Il faut que tu me rendes un service, mon ami. Tu vas fermer ton moulin pour un jour et t'en aller tout de suite à Eyguières[2]... Eyguières est un gros bourg à trois ou quatre lieues[3] de chez toi, – une promenade. En arrivant, tu demanderas le couvent des Orphelines. La première maison après le couvent est une maison basse à volets gris avec un jardinet derrière. Tu entreras sans frapper – la porte est toujours ouverte – et, en entrant, tu crieras bien fort : « Bonjour, braves gens ! Je suis l'ami de Maurice... » Alors, tu verras deux petits vieux, oh ! mais vieux, vieux, archivieux, te tendre les bras du fond de leurs grands fauteuils, et tu les embrasseras de ma part, avec tout ton cœur, comme s'ils étaient à toi. Puis vous causerez ; ils te parleront de moi, rien que de moi ; ils te raconteront mille folies que tu écouteras sans rire... Tu ne riras pas, hein ?... Ce sont mes grands-parents, deux êtres dont je suis toute la vie et qui ne m'ont pas vu depuis dix ans... Dix ans, c'est long ! Mais que veux-tu ! Moi, Paris me tient ; eux, c'est le grand âge... Ils sont si vieux, s'ils venaient me voir, ils se casseraient en route...

1. Cette lettre venue de Paris (plus précisément de la rue Jean-Jacques Rousseau).
2. Localité des Bouches-du-Rhône, à trente kilomètres environ du moulin de Daudet.
3. Soit 12 ou 16 kilomètres (voir p. 20, note 13).

Heureusement, tu es là-bas, mon cher meunier, et, en t'embrassant, les pauvres gens croiront m'embrasser un peu moi-même... Je leur ai si souvent parlé de nous et de cette bonne amitié dont... »

Le diable soit de l'amitié ! Justement ce matin-là il faisait un temps admirable, mais qui ne valait rien pour courir les routes : trop de mistral[4] et trop de soleil, une vraie journée de Provence. Quand cette maudite lettre arriva, j'avais déjà choisi mon *cagnard*[5] (abri) entre deux roches, et je rêvais de rester là tout le jour, comme un lézard, à boire de la lumière, en écoutant chanter les pins... Enfin, que voulez-vous faire ? Je fermai le moulin en maugréant, je mis la clef sous la chatière[6]. Mon bâton, ma pipe, et me voilà parti.

J'arrivai à Eyguières vers deux heures. Le village était désert, tout le monde aux champs. Dans les ormes du cours[7], blancs de poussière, les cigales chantaient comme en pleine Crau[8]. Il y avait bien sur la place de la mairie un âne qui prenait le soleil, un vol de pigeons sur la fontaine de l'église ; mais personne pour m'indiquer l'orphelinat. Par bonheur une vieille fée m'apparut tout à coup, accroupie et filant[9] dans l'encoignure[10] de sa porte ; je lui dis ce que je cherchais ; et comme cette fée était très puissante, elle n'eut qu'à lever sa quenouille : aussitôt le couvent des Orphelines se dressa devant moi comme par magie... C'était une grande maison maussade et noire, toute fière de montrer au-dessus de son portail en ogive[11]

4. Vent qui souffle du nord, dans la vallée du Rhône.
5. Très exactement une niche (ancien provençal : *canha* : chienne). Le mot est utilisé aujourd'hui pour désigner un soleil brûlant.
6. Ouverture pratiquée au bas d'une porte pour laisser passage à un chat.
7. La rue principale, plantée d'arbres.
8. Plaine caillouteuse, au sud et à l'est d'Arles.
9. Filer, c'est transformer en fil une matière végétale. Celle-ci est déposée sur une sorte de bâtonnet qu'on appelle la quenouille.
10. Au coin de.
11. Le dessus du portail n'est pas horizontal, mais forme un arc de cercle.

une vieille croix de grès rouge avec un peu de latin autour. À côté de cette maison, j'en aperçus une autre plus petite. Des volets gris, le jardin derrière... Je la reconnus tout de suite, et j'entrai sans frapper.

Je reverrai toute ma vie ce long corridor frais et calme, la muraille peinte en rose, le jardinet qui tremblait au fond à travers un store de couleur claire, et sur tous les panneaux[12] des fleurs et des violons fanés. Il me semblait que j'arrivais chez quelque vieux bailli du temps de Sedaine[13]... Au bout du couloir, sur la gauche, par une porte entrouverte, on entendait le tic-tac d'une grosse horloge et une voix d'enfant, mais d'enfant à l'école, qui lisait en s'arrêtant à chaque syllabe : A...LORS... SAINT... I...RÉ...NÉE[14] S'É...CRI...A... JE... SUIS... LE... FRO...MENT... DU... SEIGNEUR... IL... FAUT... QUE... JE... SOIS... MOU...LU... PAR... LA... DENT... DE... CES... A...NI...MAUX... Je m'approchai doucement de cette porte et je regardai...

Dans le calme et le demi-jour d'une petite chambre, un bon vieux à pommettes roses, ridé jusqu'au bout des doigts, dormait au fond d'un fauteuil, la bouche ouverte, les mains sur ses genoux. À ses pieds, une fillette habillée de bleu – grande pèlerine et petit béguin[15], le costume des orphelines – lisait la vie de saint Irénée dans un livre plus gros qu'elle... Cette lecture miraculeuse avait opéré sur toute la maison. Le vieux dormait dans son fauteuil, les mouches au plafond, les canaris dans leur cage, là-bas, sur la fenêtre. La grosse horloge ronflait, tic tac, tic tac. Il n'y avait d'éveillé dans toute la chambre qu'une grande bande de lumière qui tombait droite et blanche entre les volets clos, pleine d'étincelles vivantes et de valses

12. Portions de murs : la tapisserie représente des fleurs et des violons, mais elle a fané au soleil, avec le temps.
13. Un bailli était, avant la Révolution française, un officier qui rendait la justice. Sedaine, écrivain du XVIIIe siècle, évoque volontiers ce type de personnage dans ses pièces de théâtre.
14. Saint Irénée, un des premiers évêques de Lyon, à la fin du IIe siècle.
15. Petit bonnet attaché par des cordons sous le menton.

microscopiques... Au milieu de l'assoupissement général, l'enfant continuait sa lecture d'un air grave : AUS...SI...TÔT... DEUX... LIONS... SE... PRÉ...CI...PI...TÈ...RENT... SUR... LUI... ET... LE... DÉ...VO...RÈ... RENT... C'est à ce moment que j'entrai... Les lions de saint Irénée se précipitant dans la chambre n'y auraient pas produit plus de stupeur que moi. Un vrai coup de théâtre[16]. La petite pousse un cri, le gros livre tombe, les canaris, les mouches se réveillent, la pendule sonne, le vieux se dresse en sursaut, tout effaré, et moi-même, un peu troublé, je m'arrête sur le seuil en criant bien fort :

« Bonjour, braves gens ! je suis l'ami de Maurice ! »

Oh ! alors, si vous l'aviez vu, le pauvre vieux, si vous l'aviez vu venir vers moi les bras tendus, m'embrasser, me serrer les mains, courir égaré[17] dans la chambre, en faisant :

« Mon Dieu ! mon Dieu !... »

Toutes les rides de son visage riaient. Il était rouge. Il bégayait :

« Ah ! monsieur... ah ! monsieur... »

Puis il allait vers le fond en appelant :

« Mamette ! »

Une porte qui s'ouvre, un trot de souris dans le couloir... c'était Mamette. Rien de joli comme cette petite vieille avec son bonnet à coque[18], sa robe carmélite[19], et son mouchoir brodé qu'elle tenait à la main pour me faire honneur, à l'ancienne mode... Chose attendrissante ! ils se ressemblaient. Avec un tour[20] et des coques jaunes, il aurait pu s'appeler Mamette, lui aussi. Seulement la vraie Mamette avait dû beaucoup pleurer dans sa vie, et elle était encore plus ridée que l'autre. Comme l'autre aussi, elle avait près d'elle une enfant de

16. Dans une pièce de théâtre, événement imprévu qui modifie le cours de l'histoire.
17. Perdu : il ne sait plus « où il en est ».
18. Bonnet orné de nœuds de ruban.
19. Dont la couleur brune et la forme simple rappellent l'habit des religieuses carmélites.
20. Le mot peut désigner aussi bien la coiffure qu'un foulard autour du cou.

l'orphelinat, petite garde en pèlerine bleue, qui ne la quittait jamais ; et de voir ces vieillards protégés par ces orphelines, c'était ce qu'on peut imaginer de plus touchant.

En entrant, Mamette avait commencé par me faire une grande révérence[21], mais d'un mot le vieux lui coupa sa révérence en deux :

« C'est l'ami de Maurice... »

Aussitôt la voilà qui tremble, qui pleure, perd son mouchoir, qui devient rouge, toute rouge, encore plus rouge que lui... Ces vieux ! ça n'a qu'une goutte de sang dans les veines, et à la moindre émotion elle leur saute au visage...

« Vite, vite, une chaise..., dit la vieille à sa petite.

– Ouvre les volets... », crie le vieux à la sienne.

Et, me prenant chacun par une main, ils m'emmenèrent en trottinant jusqu'à la fenêtre, qu'on a ouverte toute grande pour mieux me voir. On approche les fauteuils, je m'installe entre les deux sur un pliant, les petites bleues derrière nous, et l'interrogatoire commence :

« Comment va-t-il ? Qu'est-ce qu'il fait ? Pourquoi ne vient-il pas ? Est-ce qu'il est content ?... »

Et patati ! et patata ! Comme cela pendant des heures.

Moi, je répondais de mon mieux à toutes leurs questions, donnant sur mon ami les détails que je savais, inventant effrontément[22] ceux que je ne savais pas, me gardant surtout d'avouer que je n'avais jamais remarqué si ses fenêtres fermaient bien ou de quelle couleur était le papier de sa chambre.

« Le papier de sa chambre !... Il est bleu, madame, bleu clair, avec des guirlandes...

– Vraiment ? » faisait la pauvre vieille attendrie ; et elle ajoutait en se tournant vers son mari : « C'est un si brave enfant !

21. Salut cérémonieux en inclinant le buste et en pliant les genoux.
22. Sans remords.

– Oh ! oui, c'est un brave enfant ! » reprenait l'autre avec enthousiasme.

Et, tout le temps que je parlais, c'étaient entre eux des hochements de tête, de petits rires fins, des clignements d'yeux, des airs entendus[23], ou bien encore le vieux qui se rapprochait pour me dire :

« Parlez plus fort… Elle a l'oreille un peu dure. »

Et elle de son côté :

« Un peu plus haut, je vous prie !… Il n'entend pas très bien… »

Alors j'élevais la voix ; et tous deux me remerciaient d'un sourire ; et dans ces sourires fanés qui se penchaient vers moi, cherchant jusqu'au fond de mes yeux l'image de leur Maurice, moi, j'étais tout ému de la retrouver cette image, vague, voilée, presque insaisissable, comme si je voyais mon ami me sourire, très loin, dans un brouillard.

Tout à coup le vieux se dresse sur son fauteuil :

« Mais j'y pense, Mamette… il n'a peut-être pas déjeuné ! »

Et Mamette, effarée, les bras au ciel :

« Pas déjeuné !… Grand Dieu ! »

Je croyais qu'il s'agissait encore de Maurice, et j'allais répondre que ce brave enfant n'attendait jamais plus tard que midi pour se mettre à table. Mais non, c'était bien de moi qu'on parlait ; et il faut voir quel branle-bas[24] quand j'avouai que j'étais encore à jeun :

« Vite le couvert, petites bleues ! La table au milieu de la chambre, la nappe du dimanche, les assiettes à fleurs. Et ne rions pas tant, s'il vous plaît, et dépêchons-nous… »

Je crois bien qu'elles se dépêchaient. À peine le temps de casser trois assiettes, le déjeuner se trouva servi.

23. Ils se comprennent sans avoir besoin de se parler.
24. Remue-ménage.

« Un bon petit déjeuner ! me disait Mamette en me conduisant à table ; seulement vous serez tout seul... Nous autres, nous avons déjà mangé ce matin. »

Ces pauvres vieux ! à quelque heure qu'on les prenne, ils ont toujours mangé le matin.

Le bon petit déjeuner de Mamette, c'était deux doigts de lait, des dattes et une *barquette*, quelque chose comme un échaudé[25] ; de quoi la nourrir elle et ses canaris au moins pendant huit jours... Et dire qu'à moi seul je vins à bout de toutes ces provisions !... Aussi quelle indignation autour de la table ! Comme les petites bleues chuchotaient en se poussant du coude, et là-bas, au fond de leur cage, comme les canaris avaient l'air de se dire : « Oh ! ce monsieur qui mange toute la *barquette* ! »

Je la mangeai toute, en effet, et presque sans m'en apercevoir, occupé que j'étais à regarder autour de moi dans cette chambre claire et paisible où flottait comme une odeur de choses anciennes... Il y avait surtout deux petits lits dont je ne pouvais pas détacher mes yeux. Ces lits, presque deux berceaux, je me les figurais le matin, au petit jour, quand ils sont encore enfouis sous leurs grands rideaux à franges. Trois heures sonnent. C'est l'heure où tous les vieux se réveillent :

« Tu dors, Mamette ?

– Non, mon ami.

– N'est-ce pas que Maurice est un brave enfant ?

– Oh ! oui, c'est un brave enfant. »

Et j'imaginais comme cela toute une causerie, rien que pour avoir vu ces deux petits lits de vieux, dressés l'un à côté de l'autre...

Pendant ce temps, un drame terrible se passait à l'autre bout de la chambre, devant l'armoire. Il s'agissait d'atteindre

25. Gâteau léger, cuit très vite, à four très chaud (d'où son nom).

Aquarelle de Sylvain Sauvage, 1935.

là-haut, sur le dernier rayon, certain bocal de cerises à l'eau-de vie qui attendait Maurice depuis dix ans et dont on voulait me faire l'ouverture[26]. Malgré les supplications de Mamette, le vieux avait tenu à aller chercher ses cerises lui-même; et, monté sur une chaise au grand effroi de sa femme, il essayait d'arriver là-haut... Vous voyez le tableau d'ici, le vieux qui tremble et qui se hisse, les petites bleues cramponnées à sa chaise, Mamette derrière lui haletante, les bras tendus, et sur tout cela un léger parfum de bergamote[27] qui s'exhale de l'armoire ouverte et des grandes piles de linge roux... C'était charmant.

Enfin, après bien des efforts, on parvint à le tirer de l'armoire, ce fameux bocal, et avec lui une vieille timbale d'argent toute bosselée, la timbale de Maurice quand il était petit. On me la remplit de cerises jusqu'au bord; Maurice les aimait tant, les cerises! Et tout en me servant, le vieux me disait à l'oreille d'un air de gourmandise:

« Vous êtes bien heureux, vous, de pouvoir en manger!... C'est ma femme qui les a faites... Vous allez goûter quelque chose de bon. »

Hélas! sa femme les avait faites, mais elle avait oublié de les sucrer. Que voulez-vous! on devient distrait en vieillissant. Elles étaient atroces, vos cerises, ma pauvre Mamette... Mais cela ne m'empêcha pas de les manger jusqu'au bout, sans sourciller[28].

Le repas terminé, je me levai pour prendre congé de mes hôtes. Ils auraient bien voulu me garder encore un peu pour causer du brave enfant, mais le jour baissait, le moulin était loin, il fallait partir.

26. Qu'on voulait ouvrir en mon honneur.
27. Plante utilisée en parfumerie et en confiserie.
28. Sans froncer le sourcil, ni manifester la moindre réaction.

Le vieux s'était levé en même temps que moi.

« Mamette, mon habit !...[29] Je veux le conduire jusqu'à la place. »

Bien sûr qu'au fond d'elle-même Mamette trouvait qu'il faisait déjà un peu frais pour me conduire jusqu'à la place ; mais elle n'en laissa rien paraître. Seulement, pendant qu'elle l'aidait à passer les manches de son habit, un bel habit tabac d'Espagne[30] à boutons de nacre, j'entendais la chère créature qui lui disait doucement :

« Tu ne rentreras pas trop tard, n'est-ce pas ? »

Et lui, d'un petit air malin :

« Hé ! Hé !... je ne sais pas... peut-être... »

Là-dessus, ils se regardaient en riant, et les petites bleues riaient de les voir rire, et dans leur coin les canaris riaient aussi à leur manière... Entre nous, je crois que l'odeur des cerises les avait tous un peu grisés[31].

... La nuit tombait, quand nous sortîmes, le grand-père et moi. La petite bleue nous suivait de loin pour le ramener ; mais lui ne la voyait pas, et il était tout fier de marcher à mon bras, comme un homme. Mamette, rayonnante, voyait cela du pas de sa porte, et elle avait en nous regardant de jolis hochements de tête qui semblaient dire : « Tout de même, mon pauvre homme !... il marche encore. »

29. Costume de cérémonie. | **30.** Brun roux. | **31.** Voir p. 22, note 22.

Repérer et analyser

La situation d'énonciation

1 Le narrateur se met-il en scène dans ce récit ? Tout est-il par conséquent vu par ses yeux ?

2 Relevez une adresse au destinataire dans les lignes 1 à 7. Quel en est l'intérêt ?

3 **a.** Qui est l'auteur de la lettre citée par le narrateur ? Qui en est le destinataire ?
b. Quelle relation ces deux personnages entretiennent-ils ? Justifiez.

Le cadre

4 **a.** À quel moment de la journée le narrateur se met-il en route ? Dans quel village se rend-il ?
b. À quelle heure y arrive-t-il ? À quel moment repart-il ? Appuyez-vous sur des indications temporelles données dans le texte.

5 **a.** Montrez, en vous appuyant sur les notes 2 et 3, p. 104, que les distances données par Maurice sont inexactes. Quelles peuvent être les raisons de cette inexactitude ?
b. Les indications qu'il donne sur la maison sont-elles en revanche exactes ? Justifiez votre réponse.

6 Relevez les détails qui caractérisent la chambre des vieux : objets, odeurs, bruits. Quelle image le narrateur en donne-t-il ?

Les scènes

7 Quelle est la scène à laquelle assiste le narrateur à son arrivée dans la maison ? Qu'entend-il ? Quels personnages voit-il ensuite ? En quoi ces personnages s'opposent-ils ?

8 Quelles autres scènes le narrateur raconte-t-il (l. 99 à 154, 155 à 197, 198 à 224 et 225 à la fin) ?

Les personnages

Les vieux

9 **a.** Faites le portrait de Mamette et du mari de Mamette : visage, silhouette, gestes et attitudes, expressions. Appuyez-vous sur des

indications que vous relèverez au fil du texte. Quelle image est donnée d'eux ?
b. Montrez, en vous appuyant sur le texte, qu'ils vivent au ralenti et que leurs émotions sont exacerbées.
10 Qu'est-ce qui explique la joie des deux vieux ? Comment cette joie se manifeste-t-elle ?

Le narrateur
11 **a.** Quelle est la première réaction du narrateur lorsqu'il reçoit la lettre ? Pour quelle raison selon vous ne la lit-il pas jusqu'au bout ?
b. « Le diable soit de l'amitié » (l. 30) : le narrateur respecte-t-il les valeurs de l'amitié ? Justifiez votre réponse.
12 Relevez des phrases ou expressions qui montrent :
– que le narrateur est empli d'attendrissement à l'égard des vieux ;
– qu'il porte parfois sur eux un regard tendrement ironique.

Le petit-fils
13 **a.** Depuis combien de temps le petit-fils n'a-t-il pas vu ses grands-parents ? Quelle explication en donne-t-il ? Cette explication semble-t-elle convaincante ?
b. Quel service demande-t-il au narrateur ?

La visée

14 Quels sentiments et émotions le narrateur cherche-t-il à susciter chez le lecteur ?
15 Quelle image donne-t-il des vieux et de la vieillesse ?

Écrire

Écrire une lettre
16 Les vieux écrivent à leur petit-fils pour leur raconter la visite de Daudet.

Rédiger un portrait
17 Faites le portrait d'une personne âgée que vous aimez tout particulièrement.

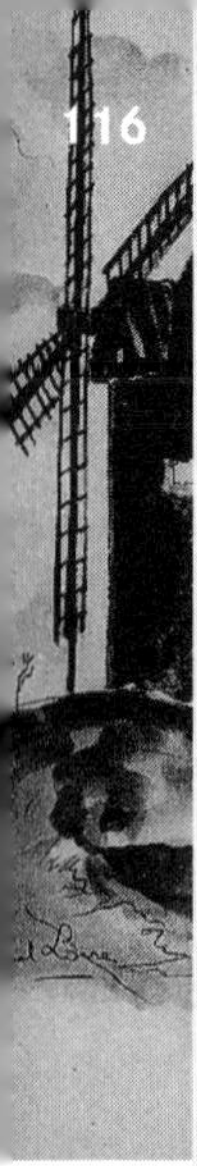

Découvrir les écrivains de la Provence

Frédéric Mistral, *Les Rois Mages*

Frédéric Mistral (1830-1914) est sans nul doute le plus grand poète provençal. Grâce à son œuvre, le parler provençal est considéré comme une langue à part entière et non comme un patois propre à une région.

En évoquant un souvenir de ses jeunes années, Mistral manifeste pour l'enfant qu'il a été la même tendresse amusée que Daudet à l'égard des « vieux ». Le lecteur sera sensible aussi à la beauté du style : rythme de la phrase, richesse du vocabulaire, poésie des images…

– C'est demain la fête des Rois[1] : si vous voulez les voir arriver, allez vite, petits, à leur rencontre, et portez-leur quelques offrandes[2].

Voilà, de notre temps, la veille du jour des Rois, ce que nous disaient nos mères.

Et en avant ! Toute la marmaille[3], les enfants du village, nous partions enthousiastes au-devant des Rois Mages, qui venaient à Maillane[4], avec leurs pages[5], leurs chameaux et toute leur suite, pour adorer l'Enfant Jésus.

– Où allez-vous, petits ?

– Nous allons au-devant des Rois.

Et ainsi, tous ensemble, mioches ébouriffés et blondines fillettes en béguins[6] et petits sabots, nous partions sur le chemin d'Arles, le cœur tressailli[7] de joie, les yeux pleins de visions, et nous portions à la main, comme on nous l'avait dit, des galettes pour les Rois, des figues sèches pour les pages, avec du foin pour les chameaux.

1. Ou *Épiphanie* : fête célébrée le 6 janvier, en souvenir de la visite des Rois Mages venus adorer Jésus peu après sa naissance. Le texte biblique parle de « Mages (c'est-à-dire de savants) venus d'Orient ». La tradition populaire en a fait des rois : Gaspard, Melchior, Balthazar, représentant toutes les races de la terre.
2. Cadeaux.
3. Groupe d'enfants bruyants et remuants.
4. Le village des Bouches-du-Rhône où Mistral a passé toute sa vie (à treize kilomètres environ du moulin de Daudet).
5. Jeunes serviteurs d'un roi.
6. Voir p. 106, note 15.
7. Le cœur frémissant.

Jours croissants,
Jours cuisants.[8]

La bise[9] sifflait, c'est vous dire qu'il faisait froid. Le soleil descendait, blafard[10], devers[11] le Rhône. Les ruisseaux étaient gelés. L'herbe des bords était brouie[12]. Des saules défeuillés les branches rougeoyaient. Le rouge-gorge, le troglodyte[13] sautillaient, frétillants, familiers, de branche en branche... Et l'on ne voyait personne aux champs, à part quelque pauvre veuve qui rechargeait sur la tête son tablier plein de bois sec, ou quelque vieux dépenaillé[14] qui cherchait des escargots au pied d'une haie morte.

– Où allez-vous si tard, petits ?

– Nous allons au-devant des Rois !

Et la tête en arrière, fiers comme jeunes coqs, en riant, en chantant, en courant à cloche-pied ou en faisant des glissades, nous allions devant nous sur le chemin blanchâtre, balayé par le vent.

Puis, le jour déclinait. Le clocher de Maillane disparaissait derrière les arbres, derrière les grands cyprès aux pointes noires ; et la campagne, vaste et nue, s'épandait au lointain... Nous portions nos regards si loin que nous pouvions, à perte de vue, mais en vain ! Rien ne se montrait à nous, hormis quelque faisceau d'épines emporté dans les chaumes par le vent. Comme les soirs d'hiver et de janvier, tout était triste, souffreteux et muet.

Quelquefois, cependant, nous rencontrions un berger qui, plié dans sa cape, venait de faire paître ses brebis.

– Mais où allez-vous, enfants, si tard ?

– Nous allons au-devant des Rois... Ne pourriez-vous pas nous dire s'ils sont encore bien loin ?

– Ah ! oui, les Rois ? c'est vrai... Ils sont là derrière qui viennent ; vous allez bientôt les voir.

Et de courir, et de courir, à la rencontre des Rois avec nos gâteaux, nos petites galettes, et les poignées de foin pour les chameaux.

8. Depuis le 22 décembre, les jours commencent à devenir plus longs (*croissants*), mais il fait très froid (*cuisants*).
9. Vent du nord.
10. Très pâle.
11. Du côté de, vers.
12. Brûlée (du vieux verbe *brouir*).
13. Oiseau de l'espèce du passereau qui construit un nid complètement couvert.
14. Aux vêtements en loques.

Puis, le jour défaillait. Le soleil, obstrué par un nuage énorme, s'évanouissait peu à peu. Les babils folâtres[15] se calmaient un brin. La bise fraîchissait et les plus courageux marchaient en retenant[16]. Tout à coup :

– Les voilà !

Un cri de joie folle partait de toutes les bouches... et la magnificence de la pompe[17] royale éblouissait nos yeux. Un rejaillissement, un triomphe de couleurs splendides, fastueuses[18], enflammait, embrasait la zone du couchant ; de gros lambeaux de pourpre flamboyaient ; et, d'or et de rubis, une demi-couronne, dardant un cercle de longs rayons au ciel, illuminait l'horizon.

– Les Rois ! les Rois ! voyez leur couronne ! voyez leurs manteaux ! voyez leurs drapeaux ! et leur cavalerie et les chameaux qui viennent !

Et nous demeurions ébaubis[19]... Mais bientôt cette splendeur, mais bientôt cette gloire, dernière échappée du soleil couchant, se fondait, s'éteignait peu à peu dans les nues[20] ; et, penauds, bouche béante, dans la campagne sombre, nous nous trouvions tout seuls :

– Où sont passés les Rois ?

– Derrière la montagne.

Cité par Marie Mauron, dans *Quand la Provence nous est contée*, Éd. Perrin, 1975.

15. Les bavardages amusés.
16. Sans rien dire.
17. Gloire.
18. Très riches.
19. Stupéfaits, ne sachant que dire.
20. Nuages.

Lettres de mon moulin

Ballades en prose

En ouvrant ma porte ce matin, il y avait autour de mon moulin un grand tapis de gelée blanche. L'herbe luisait et craquait comme du verre ; toute la colline grelottait... Pour un jour ma chère Provence s'était déguisée en pays du Nord ; et c'est parmi les pins frangés de givre, les touffes de lavandes épanouies en bouquets de cristal, que j'ai écrit ces deux ballades d'une fantaisie un peu germanique, pendant que la gelée m'envoyait ses étincelles blanches, et que là-haut, dans le ciel clair, de grands triangles de cigognes venues du pays de Henri Heine[1] descendaient vers la Camargue en criant : « Il fait froid... froid... froid... »

I. La Mort du Dauphin[2]

Le petit Dauphin est malade, le petit Dauphin va mourir... Dans toutes les églises du royaume, le Saint Sacrement demeure exposé nuit et jour[3] et de grands cierges brûlent[4] pour la guérison de l'enfant royal. Les rues de la vieille résidence[5] sont tristes et silencieuses, les cloches ne sonnent plus, les voitures vont au pas... Aux abords du palais, les bourgeois curieux regardent, à travers les grilles, des suisses à bedaines dorées[6] qui causent dans les cours d'un air important.

Tout le château est en émoi... Des chambellans[7], des majordomes[8] montent et descendent en courant les escaliers de marbre... Les galeries sont pleines de pages[9] et de courtisans

1. Poète romantique allemand (1797-1856).
2. Le fils d'un roi éduqué dans la perspective d'avoir à régner un jour.
3. L'hostie de la messe est présentée en permanence à la prière des fidèles.
4. Dans une église, on fait brûler un cierge pour demander une faveur à Dieu.
5. La ville où réside le roi, la capitale.
6 Les portiers du palais.
7. Officiers chargés de garder la chambre du roi.
8. Chefs des domestiques (major d'hommes).
9. Jeunes nobles, au service du roi.

en habits de soie qui vont d'un groupe à l'autre quêter des nouvelles à voix basse... Sur les larges perrons, les dames d'honneur éplorées se font de grandes révérences en essuyant leurs yeux avec de jolis mouchoirs brodés.

Dans l'Orangerie[10], il y a nombreuse assemblée de médecins en robe. On les voit, à travers les vitres, agiter leurs longues manches noires et incliner doctoralement leurs perruques à marteaux[11]... Le gouverneur et l'écuyer[12] du petit Dauphin se promènent devant la porte, attendant les décisions de la Faculté[13]. Des marmitons passent à côté d'eux sans les saluer. M. l'écuyer jure comme un païen, M. le gouverneur récite des vers d'Horace[14]... Et pendant ce temps-là, là-bas, du côté des écuries, on entend un long hennissement plaintif. C'est l'alezan[15] du petit Dauphin que les palefreniers oublient et qui appelle tristement devant sa mangeoire vide.

Et le roi ? Où est monseigneur le roi ?... Le roi s'est enfermé tout seul dans une chambre, au bout du château... Les Majestés n'aiment pas qu'on les voie pleurer... Pour la reine, c'est autre chose... Assise au chevet du petit Dauphin, elle a son beau visage baigné de larmes et sanglote bien haut devant tous, comme ferait une drapière[16].

Dans sa couchette de dentelles, le petit Dauphin, plus blanc que les coussins sur lesquels il est étendu, repose, les yeux fermés. On croit qu'il dort ; mais non. Le petit Dauphin ne dort pas... Il se retourne vers sa mère et, voyant qu'elle pleure, il lui dit :

« Madame la Reine, pourquoi pleurez-vous ? Est-ce que vous croyez bonnement[17] que je m'en vas[18] mourir ? »

10. Serre où sont déposés, l'hiver, les orangers et les plantes fragiles.
11. Rubans noirs, noués à l'extrémité de la perruque.
12. Le gouverneur est chargé de l'éducation du Dauphin ; l'écuyer soigne ses chevaux.
13. Des médecins.
14. Poète latin du Ier siècle av. J.-C.
15. Cheval de couleur brun roux.
16. Commerçante qui vend du drap, personne de condition modeste.
17. Naïvement.
18. Tournure ancienne pour : je m'en vais.

La reine veut répondre. Les sanglots l'empêchent de parler.

« Ne pleurez donc pas, madame la Reine ; vous oubliez que je suis le Dauphin, et que les Dauphins ne peuvent pas mourir ainsi... »

La reine sanglote encore plus fort, et le petit Dauphin commence à s'effrayer.

« Holà, dit-il, je ne veux pas que la mort vienne me prendre, et je saurai bien l'empêcher d'arriver jusqu'ici... Qu'on fasse venir sur l'heure quarante lansquenets[19] très forts pour monter la garde autour de notre lit !... Que cent gros canons veillent nuit et jour, mèche allumée, sous nos fenêtres ! Et malheur à la mort, si elle ose s'approcher de nous !... »

Pour complaire[20] à l'enfant royal, la reine fait un signe. Sur l'heure, on entend les gros canons qui roulent dans la cour ; et quarante grands lansquenets, la pertuisane[21] au poing, viennent se ranger autour de la chambre. Ce sont de vieux soudards[22] à moustaches grises. Le petit Dauphin bat des mains en les voyant. Il en reconnaît un et l'appelle :

« Lorrain[23] ! Lorrain ! »

Le soudard fait un pas vers le lit.

« Je t'aime bien, mon vieux Lorrain... Fais voir un peu ton grand sabre... Si la mort veut me prendre, il faut la tuer, n'est-ce pas ? »

Lorrain répond :

« Oui, Monseigneur... »

Et il a deux grosses larmes qui coulent sur ses joues tannées.

À ce moment, l'aumônier[24] s'approche du petit Dauphin et lui parle longtemps à voix basse en lui montrant un crucifix.

19. Soldats étrangers au service du roi.
20. Faire plaisir.
21. Sorte de hallebarde.
22. Soldats de métier (terme peu flatteur).
23. Le soldat porte le nom de son pays d'origine.
24. Prêtre attaché à la famille royale.

Le petit Dauphin l'écoute d'un air fort étonné, puis tout à coup l'interrompant :

« Je comprends bien ce que vous me dites, monsieur l'abbé ; mais enfin est-ce que mon petit ami Beppo ne pourrait pas mourir à ma place, en lui donnant beaucoup d'argent ?... »

L'aumônier continue à lui parler à voix basse, et le petit Dauphin a l'air de plus en plus étonné.

Quand l'aumônier a fini, le petit Dauphin reprend avec un gros soupir :

« Tout ce que vous me dites là est bien triste, monsieur l'abbé ; mais une chose me console, c'est que là-haut, dans le paradis des étoiles, je vais être encore le Dauphin... Je sais que le bon Dieu est mon cousin[25] et ne peut pas manquer de me traiter selon mon rang. »

Puis il ajoute, en se tournant vers sa mère :

« Qu'on m'apporte mes plus beaux habits, mon pourpoint d'hermine blanche et mes escarpins de velours ! Je veux me faire brave[26] pour les anges et entrer au paradis en costume de Dauphin. »

Une troisième fois, l'aumônier se penche vers le petit Dauphin et lui parle longuement à voix basse... Au milieu de son discours, l'enfant royal l'interrompt avec colère :

« Mais alors, crie-t-il, d'être Dauphin, ce n'est rien du tout ? »

Et, sans vouloir plus rien entendre, le petit Dauphin se tourne vers la muraille, et il pleure amèrement.

25. Le roi donnait aux grands du royaume le titre de cousin. L'enfant royal met Dieu à ce rang !
26. Élégant.

Repérer et analyser

L'énonciation et le genre du texte

1 Où le narrateur se trouve-t-il au moment de l'écriture ? Quelles sont les conditions climatiques ?

2 La ballade

Au Moyen Âge, la ballade est un poème à forme fixe, composé d'une part de trois strophes de structure identique terminées chacune par un vers formant refrain, et d'autre part d'un « envoi », c'est-à-dire de quelques vers adressés à un personnage.
Au XIXe siècle, la ballade, notamment chez les poètes romantiques allemands, est un petit conte naïf et touchant, en vers ou en prose.

a. Quelle forme de ballade le narrateur a-t-il choisi d'écrire ?
b. Le choix de ce genre vous semble-t-il en rapport avec les conditions climatiques ? Justifiez votre réponse.

La description

3 Par quels procédés le narrateur décrit-il le paysage qu'il a sous les yeux (l. 1 à 11) ? Pour répondre :
- relevez un champ lexical ;
- repérez et analysez les comparaisons, métaphores, personnifications. Quel est l'effet produit par l'ensemble ?

La première ballade

Le cadre et la situation

4 L'histoire se déroule-t-elle dans une ville précise ? À quelle époque peut-elle se dérouler ?

5 Dans quel état le petit Dauphin se trouve-t-il ?

Une technique cinématographique : l'effet de zoom

Au cinéma, on dit qu'il y a zoom avant lorsque la caméra s'approche de plus en plus d'un personnage, d'un élément... passant d'un plan large à un plan rapproché.

6 Quels sont les différents lieux que le narrateur passe en revue avant de montrer le petit Dauphin ? En quoi y a-t-il effet de zoom ?

7 **a.** À partir de quelle ligne le petit Dauphin est-il précisément présenté ? Dans quel lieu se trouve-t-il ?
b. Citez les mots et expressions qui caractérisent son aspect physique.

L'entourage du Dauphin

8 Qui sont les principaux personnages cités dans les lignes 12 à 37 ? En quoi leur comportement traduit-il leur émoi ?
9 **a.** Où le roi se trouve-t-il ? Pour quelle raison n'est-il pas près de l'enfant ?
b. Quel est le rôle de la mère auprès de son enfant ?
c. Quel est le rôle de l'aumônier ?

Le petit Dauphin

10 Montrez, en citant le texte, que pour le petit Dauphin, la mort est un personnage réel.
11 Quelle idée le petit Dauphin a-t-il de son rang ? Pour quelle raison ne peut-il croire qu'il va mourir ?
12 Qu'a pu lui dire l'aumônier lignes 99-100 pour qu'il se mette en colère ? Qu'a compris l'enfant ? Justifiez votre réponse.

Les interventions du narrateur

13 Relevez quelques passages dans lesquels le narrateur intervient pour soutenir l'intérêt du lecteur.

La visée

14 **a.** En quoi l'âge que peut avoir le personnage touché par la mort rend-il l'épisode particulièrement dramatique ?
b. Quel est le rang social de ce personnage ? Quelle leçon peut-on tirer de ce récit ?

Écrire

Rédiger des paroles

15 Rédigez les paroles que l'aumônier a pu dire au petit Dauphin lignes 78 à 81, 85-86 et 99-100.

Ballades en prose

II. Le Sous-Préfet aux champs

M. le sous-préfet[1] est en tournée. Cocher devant, laquais[2] derrière, la calèche[3] de la sous-préfecture l'emporte majestueusement au concours régional de la Combe-aux-Fées[4]. Pour cette journée mémorable[5], M. le sous-préfet a mis son bel habit brodé, son petit claque[6], sa culotte[7] collante à bandes d'argent et son épée de gala à poignée de nacre... Sur ses genoux repose une grande serviette en chagrin gaufré[8] qu'il regarde tristement.

M. le sous-préfet regarde tristement sa serviette en chagrin gaufré : il songe au fameux discours qu'il va falloir prononcer tout à l'heure devant les habitants de la Combe-aux-Fées :

« Messieurs et chers administrés... »

Mais il a beau tortiller la soie blonde de ses favoris[9] et répéter vingt fois de suite : « Messieurs et chers administrés... », la suite du discours ne vient pas.

La suite du discours ne vient pas... Il fait si chaud dans cette calèche !... À perte de vue, la route de la Combe-aux-Fées poudroie sous le soleil du Midi... L'air est embrasé... et sur les ormeaux[10] du bord du chemin, tout couverts de poussière blanche, des milliers de cigales se répondent d'un arbre

1. Haut fonctionnaire chargé de représenter l'État dans une partie d'un département.
2. Domestiques en uniforme qui se tiennent debout à l'arrière d'un carrosse.
3. Voiture tirée par des chevaux.
4. Ville imaginaire.
5. Dont on se souviendra longtemps.
6. Chapeau haut-de-forme qui, à l'aide d'un dispositif à ressort, peut s'aplatir pour être porté sous le bras.
7. Le sous-préfet est habillé « à la française » comme les nobles avant la Révolution : un habit (c'est-à-dire une longue jaquette), une culotte (pantalon qui arrive aux genoux, les jambes étant couvertes de bas).
8. Variété de cuir à petits grains. Il est gaufré, c'est-à-dire qu'on y a imprimé en relief des motifs décoratifs.
9. Touffe de barbe de chaque côté du visage.
10. Petits ormes.

à l'autre... Tout à coup M. le sous-préfet tressaille. Là-bas, au pied d'un coteau, il vient d'apercevoir un petit bois de chênes verts qui semble lui faire signe...

Le petit bois de chênes verts semble lui faire signe :

« Venez donc par ici, monsieur le sous-préfet ; pour composer votre discours, vous serez beaucoup mieux sous mes arbres... »

M. le sous-préfet est séduit ; il saute à bas de sa calèche et dit à ses gens[11] de l'attendre, qu'il va composer son discours dans le petit bois de chênes verts.

Dans le petit bois de chênes verts il y a des oiseaux, des violettes, et des sources sous l'herbe fine... Quand ils ont aperçu M. le sous-préfet avec sa belle culotte et sa serviette en chagrin gaufré, les oiseaux ont eu peur et se sont arrêtés de chanter, les sources n'ont plus osé faire de bruit, et les violettes se sont cachées dans le gazon... Tout ce petit monde-là n'a jamais vu de sous-préfet, et se demande à voix basse quel est ce beau seigneur qui se promène en culotte d'argent.

À voix basse, sous la feuillée, on se demande quel est ce beau seigneur en culotte d'argent... Pendant ce temps-là, M. le sous-préfet, ravi du silence et de la fraîcheur du bois, relève les pans de son habit, pose son claque sur l'herbe et s'assied dans la mousse au pied d'un jeune chêne ; puis il ouvre sur ses genoux sa grande serviette de chagrin gaufré et en tire une large feuille de papier ministre[12].

« C'est un artiste ! dit la fauvette.

– Non, dit le bouvreuil, ce n'est pas un artiste, puisqu'il a une culotte en argent ; c'est plutôt un prince.

– C'est plutôt un prince, dit le bouvreuil.

– Ni un artiste, ni un prince, interrompt un vieux rossignol, qui a chanté toute une saison dans les jardins de la sous-préfecture... Je sais ce que c'est : c'est un sous-préfet ! »

11. Ses domestiques.
12. De très grandes dimensions (21 x 32 centimètres).

Et tout le petit bois va chuchotant :

« C'est un sous-préfet ! c'est un sous-préfet !

– Comme il est chauve ! », remarque une alouette à grande huppe[13].

Les violettes demandent :

« Est-ce que c'est méchant ?

– Est-ce que c'est méchant ? », demandent les violettes.

Le vieux rossignol répond :

« Pas du tout ! »

Et sur cette assurance, les oiseaux se remettent à chanter, les sources à courir, les violettes à embaumer[14], comme si le monsieur n'était pas là... Impassible[15] au milieu de tout ce joli tapage, M. le sous-préfet invoque dans son cœur la Muse[16] des comices agricoles[17], et, le crayon levé, commence à déclamer de sa voix de cérémonie :

« Messieurs et chers administrés...

– Messieurs et chers administrés », dit le sous-préfet de sa voix de cérémonie...

Un éclat de rire l'interrompt ; il se retourne et ne voit rien qu'un gros pivert[18] qui le regarde en riant, perché sur son claque. Le sous-préfet hausse les épaules et veut continuer son discours ; mais le pivert l'interrompt encore et lui crie de loin :

« À quoi bon ?

– Comment ! à quoi bon ? », dit le sous-préfet, qui devient tout rouge ; et, chassant d'un geste cette bête effrontée[19], il reprend de plus belle :

« Messieurs et chers administrés...

13. Touffe de plumes que certains oiseaux portent sur la tête.
14. Répandre leur parfum.
15. Sans manifester la moindre émotion.
16. Déesse qui, selon la mythologie gréco-latine, inspirait les artistes.
17. Assemblée des cultivateurs ou des éleveurs d'une région, au cours de laquelle leurs meilleurs produits sont primés.
18. Oiseau de la taille d'un pigeon qui niche dans les arbres.
19. Audacieuse et impolie.

Illustration de Jean-Jean, XXe siècle.

– Messieurs et chers administrés... », a repris le sous-préfet de plus belle.

Mais alors, voilà les petites violettes qui se haussent vers lui sur le bout de leurs tiges et qui lui disent doucement :

« Monsieur le sous-préfet, sentez-vous comme nous sentons bon ? »

Et les sources lui font sous la mousse une musique divine ; et dans les branches, au-dessus de sa tête, des tas de fauvettes viennent lui chanter leurs plus jolis airs ; et tout le petit bois conspire pour l'empêcher de composer son discours.

Tout le petit bois conspire pour l'empêcher de composer son discours... M. le sous-préfet, grisé[20] de parfums, ivre de musique, essaie vainement de résister au nouveau charme qui l'envahit. Il s'accoude sur l'herbe, dégrafe son bel habit, balbutie encore deux ou trois fois :

« Messieurs et chers administrés... Messieurs et chers admi... Messieurs et chers... »

Puis il envoie les administrés au diable ; et la Muse des comices agricoles n'a plus qu'à se voiler la face[21].

Voile-toi la face, ô Muse des comices agricoles !... Lorsque, au bout d'une heure, les gens de la sous-préfecture, inquiets de leur maître, sont entrés dans le petit bois, ils ont vu un spectacle qui les a fait reculer d'horreur... M. le sous-préfet était couché sur le ventre, dans l'herbe, débraillé comme un bohème[22]. Il avait mis son habit bas[23]... et, tout en mâchonnant des violettes, M. le sous-préfet faisait des vers.

20. Voir p. 22, note 22.
21. Se cacher le visage pour ne pas voir un spectacle scandaleux.
22. Les vêtements en désordre, comme quelqu'un qui vit dans la fantaisie (un artiste un peu bohème).
23. Il avait ôté sa belle jaquette brodée (voir p. 125, l. 4-5 et note 7).

Repérer et analyser

La seconde ballade

La progression du récit

1 **a.** Dans quelle ville le sous-préfet se rend-il ? Que doit-il y faire ? Quelles difficultés rencontre-t-il ?
b. Dans quel lieu le sous-préfet s'arrête-t-il ? Que cherche-t-il à faire dans ce lieu ? Y réussit-il ?
c. Comment l'épisode se termine-t-il ?

Le genre de la ballade

2 Cette ballade présente-t-elle, comme la précédente, « une fantaisie un peu germanique » (voir p. 119, l. 7) ? Quelle région de France lui sert de cadre ?

3 **a.** Montrez que le texte, bien qu'en prose, s'apparente à une ballade du Moyen Âge (voir p. 123), c'est-à-dire trois parties avec un refrain et un envoi.
Dites quelle expression sert de refrain et montrez que ce refrain est bissé ou trissé (répété deux fois ou trois fois).
b. Ce refrain permet un découpage du texte en sous-parties : l. 1 à 12, 16 à 66, 70 à 78, 82 à 93 et 97 à 105. Donnez un titre à chacune des sous-parties.
c. Quel personnage le sous-préfet invoque-t-il ligne 64 ? Relevez l'expression qui sert d'envoi (c'est-à-dire adresse au personnage) à la fin du texte.

Le cadre

4 Quelle est la saison évoquée dans ce récit ? Relevez quelques indices au fil du texte.

5 **a.** Relevez les éléments qui composent le paysage dans le petit bois.
b. Quelle image le narrateur donne-t-il de ce lieu ? Relevez notamment les notations sensorielles (voir p. 23).

Le portrait du sous-préfet

6 **a.** À partir d'indices que vous relèverez, faites le portrait du sous-préfet (physique, vêtement, accessoires, état d'esprit…).
b. En quoi le narrateur porte-t-il un regard moqueur et amusé sur son personnage ? Appuyez-vous sur le texte.

7 Quel effet le petit bois produit-il sur lui ? Montrez, en citant le texte, qu'il cède peu à peu à son charme.

Le merveilleux

8 Montrez, en citant le texte, que la nature est présentée comme vivante.

9 **a.** Quels sont les principaux animaux cités ? En quoi sont-ils merveilleux ?
b. Quelle est leur première réaction quand ils voient le sous-préfet ?
c. Que cherchent-ils à faire auprès de lui ? Y réussissent-ils ?

La visée

10 Quelles valeurs et quel mode de vie le narrateur met-il en avant dans cette ballade ? Que critique-t-il ?

Écrire

Écrire des vers

11 Imaginez les quelques vers composés par le préfet.

Lettres de mon moulin

La Légende de l'homme à la cervelle d'or

À la dame qui demande des histoires gaies

En lisant votre lettre, madame, j'ai eu comme un remords. Je m'en suis voulu de la couleur un peu trop demi-deuil[1] de mes historiettes, et je m'étais promis de vous offrir aujourd'hui quelque chose de joyeux, de follement joyeux.

Pourquoi serais-je triste, après tout ? Je vis à mille lieues des brouillards parisiens, sur une colline lumineuse, dans le pays des tambourins[2] et du vin muscat. Autour de chez moi tout n'est que soleil et musique ; j'ai des orchestres de culs-blancs[3], des orphéons[4] de mésanges ; le matin, les courlis[5] qui font : « Coureli ! coureli ! » à midi, les cigales, puis les pâtres[6] qui jouent du fifre, et les belles filles brunes qu'on entend rire dans les vignes... En vérité, l'endroit est mal choisi pour broyer du noir ; je devrais plutôt expédier aux dames des poèmes couleur de rose et des pleins paniers de contes galants[7].

Eh bien, non ! je suis encore trop près de Paris. Tous les jours, jusque dans mes pins, il m'envoie les éclaboussures de ses tristesses... À l'heure même où j'écris ces lignes, je viens d'apprendre la mort misérable du pauvre Charles Barbara[8] ; et mon

1. Autrefois, après un décès, on portait des vêtements de deuil (tout noirs), puis, au bout de quelque temps, des vêtements de demi-deuil (blancs et noirs, ou gris).
2. Le grand tambour provençal qui sert à rythmer la danse.
3. Nom donné à plusieurs sortes d'oiseaux : le passereau ou le pétrel.
4. Fanfares (le mot désignait autrefois une chorale).
5. Oiseau échassier qui vit près de l'eau.
6. Bergers.
7. Qui parlent d'amour.
8. Vraisemblablement un écrivain, ami de Daudet, et qui avait connu de grosses difficultés d'argent.

moulin en est tout en deuil. Adieu les courlis et les cigales ! Je n'ai plus le cœur à rien de gai… Voilà pourquoi, madame, au lieu du joli conte badin[9] que je m'étais promis de vous faire, vous n'aurez encore aujourd'hui qu'une légende mélancolique.

Il était une fois un homme qui avait une cervelle d'or ; oui, madame, une cervelle toute en or. Lorsqu'il vint au monde, les médecins pensaient que cet enfant ne vivrait pas, tant sa tête était lourde et son crâne démesuré. Il vécut cependant et grandit au soleil comme un beau plant d'olivier ; seulement sa grosse tête l'entraînait toujours, et c'était pitié de le voir se cogner à tous les meubles en marchant… Il tombait souvent. Un jour, il roula du haut d'un perron et vint donner du front contre un degré[10] de marbre, où son crâne sonna comme un lingot. On le crut mort ; mais, en le relevant, on ne lui trouva qu'une légère blessure, avec deux ou trois gouttelettes d'or caillées dans ses cheveux blonds. C'est ainsi que les parents apprirent que l'enfant avait une cervelle en or.

La chose fut tenue secrète ; le pauvre petit lui-même ne se douta de rien. De temps en temps, il demandait pourquoi on ne le laissait plus courir devant la porte avec les garçonnets de la rue.

« On vous volerait, mon beau trésor ! » lui répondait sa mère…

Alors le petit avait grand-peur d'être volé ; il retournait jouer tout seul, sans rien dire, et se trimbalait lourdement d'une salle à l'autre…

À dix-huit ans seulement, ses parents lui révélèrent le don monstrueux qu'il tenait du destin ; et, comme ils l'avaient élevé et nourri jusque-là, ils lui demandèrent en retour un peu de son or. L'enfant n'hésita pas ; sur l'heure même, – comment ? par quels moyens ? la légende ne l'a pas dit, – il s'arracha

9. Léger, plaisant.

10. Une marche de l'escalier.

du crâne un morceau d'or massif, un morceau gros comme une noix, qu'il jeta fièrement sur les genoux de sa mère... Puis, tout ébloui des richesses qu'il portait dans la tête, fou de désirs, ivre de sa puissance, il quitta la maison paternelle et s'en alla par le monde en gaspillant son trésor.

Du train[11] dont il menait sa vie, royalement, et semant l'or sans compter, on aurait dit que sa cervelle était inépuisable... Elle s'épuisait cependant, et à mesure on pouvait voir les yeux s'éteindre, la joue devenir plus creuse. Un jour enfin, au matin d'une débauche[12] folle, le malheureux, resté seul parmi les débris du festin et les lustres qui pâlissaient, s'épouvanta de l'énorme brèche qu'il avait déjà faite à son lingot ; il était temps de s'arrêter.

Dès lors, ce fut une existence nouvelle. L'homme à la cervelle d'or s'en alla vivre, à l'écart, du travail de ses mains, soupçonneux et craintif comme un avare, fuyant les tentations, tâchant d'oublier lui-même ces fatales richesses auxquelles il ne voulait plus toucher... Par malheur, un ami l'avait suivi dans sa solitude, et cet ami connaissait son secret.

Une nuit, le pauvre homme fut réveillé en sursaut par une douleur à la tête, une effroyable douleur ; il se dressa éperdu, et vit, dans un rayon de lune, l'ami qui fuyait en cachant quelque chose sous son manteau...

Encore un peu de cervelle qu'on lui emportait !...

À quelque temps de là, l'homme à la cervelle d'or devint amoureux, et cette fois tout fut fini... Il aimait du meilleur de son âme une petite femme blonde, qui l'aimait bien aussi, mais qui préférait encore les pompons, les plumes blanches et les jolis glands mordorés[13] battant le long des bottines.

11. À la vitesse.
12. Après toute une nuit passée dans les plaisirs, le lendemain matin.
13. Éléments décoratifs qui terminent un ruban. Ceux-ci sont bruns avec des reflets dorés (mordorés).

Entre les mains de cette mignonne créature, – moitié oiseau, moitié poupée, – les piécettes d'or fondaient que c'était un plaisir. Elle avait tous les caprices ; et lui ne savait jamais dire non ; même, de peur de la peiner, il lui cacha jusqu'au bout le triste secret de sa fortune.

« Nous sommes donc bien riches ? », disait-elle. Le pauvre homme lui répondait : « Oh ! oui... bien riches ! » Et il souriait avec amour au petit oiseau bleu qui lui mangeait le crâne innocemment. Quelquefois cependant la peur le prenait, il avait des envies d'être avare ; mais alors la petite femme venait vers lui en sautillant, et lui disait :

« Mon mari, qui êtes si riche ! achetez-moi quelque chose de bien cher... »

Et il lui achetait quelque chose de bien cher...

Cela dura ainsi pendant deux ans ; puis, un matin, la petite femme mourut, sans qu'on sût pourquoi, comme un oiseau... Le trésor touchait à sa fin ; avec ce qui lui en restait, le veuf fit faire à sa chère morte un bel enterrement. Cloches à toute volée, lourds carrosses tendus de noir, chevaux empanachés, larmes d'argent dans le velours, rien ne lui parut trop beau. Que lui importait son or maintenant ?... Il en donna pour l'église, pour les porteurs, pour les revendeuses d'immortelles[14] ; il en donna partout, sans marchander... Aussi, en sortant du cimetière, il ne lui restait presque plus rien de cette cervelle merveilleuse, à peine quelques parcelles aux parois du crâne.

Alors on le vit s'en aller dans les rues, l'air égaré, les mains en avant, trébuchant comme un homme ivre. Le soir, à l'heure où les bazars s'illuminent, il s'arrêta devant une large vitrine dans laquelle tout un fouillis d'étoffes et de parures reluisait aux lumières, et resta là longtemps à regarder deux bottines

14. Fleurs séchées.

de satin bleu bordées de duvet de cygne. « Je sais quelqu'un à qui ces bottines feraient bien plaisir », se disait il en souriant ; et, ne se souvenant déjà plus que la petite femme était morte, il entra pour les acheter.

Du fond de son arrière-boutique, la marchande entendit un grand cri ; elle accourut et recula de peur en voyant un homme debout, qui s'accotait[15] au comptoir et la regardait douloureusement d'un air hébété[16]. Il tenait d'une main les bottines bleues à bordure de cygne, et présentait l'autre main toute sanglante, avec des raclures d'or au bout des ongles.

Telle est, madame, la légende de l'homme à la cervelle d'or.

Malgré ses airs de conte fantastique, cette légende est vraie d'un bout à l'autre… Il y a par le monde de pauvres gens qui sont condamnés à vivre de leur cerveau, et payent en bel or fin, avec leur moelle et leur substance[17], les moindres choses de la vie. C'est pour eux une douleur de chaque jour ; et puis, quand ils sont las de souffrir…

15. S'appuyait de côté.
16. Il n'a pas conscience de ce qui l'entoure.
17. Au sens figuré : avec leur être même et tout ce qu'ils sont.

Repérer et analyser

La situation d'énonciation

1 En quoi ce texte se présente-t-il comme une lettre ? Qui en est l'émetteur ? Qui est le destinataire ?

2 **a.** Dans quel cadre le narrateur se trouve-t-il ? S'agit-il d'un cadre gai ou triste ?

b. Quel est l'état d'esprit du narrateur au moment où il écrit ? Justifiez votre réponse.

3 **a.** Relevez des expressions par lesquelles le narrateur, au début et à la fin de son récit, s'adresse au destinataire.

b. Quel est l'effet produit ?

Le genre et la progression du récit

4 En quoi ce récit s'apparente-t-il à un conte ? Appuyez-vous pour répondre sur la formule d'entrée ainsi que sur la présence du merveilleux.

5 **a.** Quelle est la situation initiale (l. 24 à 30) ?

b. Quel événement dans ce récit permet aux parents de découvrir le pouvoir de leur enfant ? Par quelle expression cet événement est-il introduit ?

c. Quels sont les différents événements qui s'enchaînent ensuite ?

d. Quel est le dénouement ?

Les personnages

L'homme à la cervelle d'or

6 Quelle est la caractéristique physique de l'homme à la cervelle d'or à sa naissance ?

7 **a.** Quelle est la réaction de l'homme lorsqu'il apprend qu'il a une cervelle en or ?

b. De quelle façon use-t-il à ce moment-là de son argent ?

8 **a.** À quel moment l'homme devient-il raisonnable ? Pour quelle raison ?

b. À quel moment fait-il des folies ? Pour quelle raison ?

La femme de l'homme à la cervelle d'or

9 **a.** Quelle image le narrateur donne-t-il de la femme de l'homme à la cervelle d'or ? Appuyez votre réponse sur les mots et expressions qui la caractérisent. Par quels termes le narrateur la désigne-t-il ?
b. En quoi cette femme précipite-t-elle la perte de son mari ? Selon vous, se rend-elle compte du mal qu'elle lui fait ?

Les éléments de dramatisation

10 **a.** Relevez au fil du conte les passages qui montrent que la cervelle de l'homme se dégrade de plus en plus. Quel est l'effet produit ?
b. La tentative que l'homme fait pour sauver ce qui lui reste de cervelle réussit-elle ? Pourquoi cette cervelle est-elle un « don monstrueux » (l. 46-47) ?

11 Dans quel lieu et dans quelles circonstances l'homme à la cervelle d'or s'effondre-t-il ? En quoi sa fin est-elle particulièrement dramatique ? Appuyez votre réponse sur la dernière phrase du conte (l. 118 à 120).

La visée

12 Relisez le dernier paragraphe.
Qui sont les pauvres gens condamnés à vivre de leur cerveau ?
Qu'a voulu montrer le narrateur à leur propos ?

Lettres de mon moulin

Les Sauterelles

Daudet a consacré plusieurs Lettres *à évoquer des souvenirs de son voyage en Algérie (1861). Le texte* Les Sauterelles *a été publié en 1868.*

Encore un souvenir d'Algérie, et puis nous reviendrons au moulin...

La nuit de mon arrivée dans cette ferme du Sahel[1], je ne pouvais pas dormir. Le pays nouveau, l'agitation du voyage, les aboiements des chacals[2], puis une chaleur énervante[3], oppressante[4], un étouffement complet, comme si les mailles de la moustiquaire n'avaient pas laissé passer un souffle d'air... Quand j'ouvris ma fenêtre, au petit jour, une brume d'été lourde, lentement remuée, frangée aux bords de noir et de rose, flottait dans l'air comme un nuage de poudre sur un champ de bataille. Pas une feuille ne bougeait, et dans ces beaux jardins que j'avais sous les yeux, les vignes espacées sur les pentes, au grand soleil qui fait les vins sucrés, les fruits d'Europe abrités dans un coin d'ombre, les petits orangers, les mandariniers, en longues files microscopiques, tout gardait le même aspect morne[5], cette immobilité des feuilles attendant l'orage. Les bananiers eux-mêmes, ces grands roseaux vert tendre, toujours agités par quelque souffle qui emmêle leur fine chevelure si légère, se dressaient silencieux et droits, en panaches réguliers.

1. En arabe : bordure. (Le mot est employé aujourd'hui pour désigner le désert africain.) Dans le texte de Daudet, il s'agit du Sahel d'Alger : collines fertiles dominant la plaine de la Mitidja.
2. Sortes de chiens sauvages.
3. Au sens étymologique : qui enlève toute énergie nerveuse.
4. Qui rend la respiration difficile.
5. Triste.

Je restai un moment à regarder cette plantation merveilleuse, où tous les arbres du monde se trouvaient réunis, donnant chacun dans leur saison leurs fleurs et leurs fruits dépaysés[6]. Entre les champs de blé et les massifs de chênes-lièges, un cours d'eau luisait, rafraîchissant à voir par cette matinée étouffante [...].

Les ouvriers arrivent à la ferme.

À chacun d'eux le fermier, devant la porte, distribuait sa tâche de la journée d'une voix brève, un peu rude. Quand il eut fini, le brave homme leva la tête, scruta le ciel d'un air inquiet; puis m'apercevant à la fenêtre:

« Mauvais temps pour la culture, me dit-il... voilà le sirocco[7]. »

En effet, à mesure que le soleil se levait, des bouffées d'air, brûlantes, suffocantes, nous arrivaient du sud comme de la porte d'un four ouverte et refermée. On ne savait où se mettre, que devenir. Toute la matinée se passa ainsi. Nous prîmes du café sur les nattes[8] de la galerie[9], sans avoir le courage de parler ni de bouger. Les chiens allongés, cherchant la fraîcheur des dalles, s'étendaient dans des poses accablées. Le déjeuner nous remit un peu, un déjeuner plantureux et singulier où il y avait des carpes, des truites, du sanglier, du hérisson, le beurre de Staouëli[10], les vins de Crescia[11], des goyaves[12], des bananes, tout un dépaysement de mets qui ressemblaient bien à la nature si complexe dont nous étions entourés...

6. Les fermiers ont implanté en Algérie des fruits qui n'y poussaient pas avant leur arrivée.
7. Vent très chaud, d'origine saharienne.
8. Sortes de tapis tressés, sur lesquels on peut s'asseoir ou s'allonger.
9. Emplacement couvert autour de la cour centrale du bâtiment.
10. Localité à proximité d'Alger.
11. Petite ville agricole, près d'Alger.
12. Fruits originaires d'Amérique tropicale.

On allait se lever de table. Tout à coup, à la porte-fenêtre fermée pour nous garantir de la chaleur du jardin en fournaise, de grands cris retentirent :

« Les criquets[13] ! les criquets ! »

Mon hôte devint tout pâle comme un homme à qui on annonce un désastre, et nous sortîmes précipitamment. Pendant dix minutes, ce fut dans l'habitation, si calme tout à l'heure, un bruit de pas précipités, de voix indistinctes, perdues dans l'agitation d'un réveil. De l'ombre des vestibules où ils s'étaient endormis, les serviteurs s'élancèrent dehors en faisant résonner avec des bâtons, des fourches, des fléaux[14], tous les ustensiles de métal qui leur tombaient sous la main, des chaudrons de cuivre, des bassines, des casseroles. Les bergers soufflaient dans leurs trompes de pâturage. D'autres avaient des conques[15] marines, des cors de chasse. Cela faisait un vacarme effrayant, discordant, que dominaient d'une note suraiguë les « You ! you ! you » des femmes arabes accourues d'un douar[16] voisin. Souvent, paraît-il, il suffit d'un grand bruit, d'un frémissement sonore de l'air, pour éloigner les sauterelles, les empêcher de descendre.

Mais où étaient-elles donc, ces terribles bêtes ? Dans le ciel vibrant de chaleur, je ne voyais rien qu'un nuage venant de l'horizon, cuivré, compact, comme un nuage de grêle, avec le bruit d'un vent d'orage dans les mille rameaux d'une forêt. C'étaient les sauterelles. Soutenues entre elles par leurs ailes sèches étendues, elles volaient en masse, et malgré nos cris, nos efforts, le nuage s'avançait toujours, projetant dans la plaine une ombre immense. Bientôt il arriva au-dessus de nos têtes ; sur les bords on vit pendant une seconde un

13. Insectes volants et sauteurs de couleur grise et brune (improprement appelés sauterelles). Les criquets pèlerins se déplacent en grand nombre et détruisent la végétation là où ils se posent.

14. Sortes de fouets en bois utilisés pour battre le blé.

15. Coquillage qui sert de trompette.

16. Village.

effrangement, une déchirure. Comme les premiers grains d'une giboulée[17], quelques-unes se détachèrent, distinctes, roussâtres ; ensuite toute la nuée creva, et cette grêle d'insectes tomba drue et bruyante. À perte de vue les champs étaient couverts de criquets, de criquets énormes, gros comme le doigt.

Alors le massacre commença. Hideux murmure d'écrasement, de paille broyée. Avec les herses, les pioches, les charrues, on remuait ce sol mouvant ; et plus on en tuait, plus il y en avait. Elles grouillaient par couches, leurs hautes pattes enchevêtrées ; celles du dessus faisant des bonds de détresse, sautant au nez des chevaux attelés pour cet étrange labour. Les chiens de la ferme, ceux du douar, lancés à travers champs, se ruaient sur elles, les broyaient avec fureur. À ce moment, deux compagnies de turcos[18], clairons en tête, arrivèrent au secours des malheureux colons, et la tuerie changea d'aspect.

Au lieu d'écraser les sauterelles, les soldats les flambaient en répandant de longues traînées[19] de poudre.

Fatigué de tuer, écœuré par l'odeur infecte, je rentrai. À l'intérieur de la ferme, il y en avait presque autant que dehors. Elles étaient entrées par les ouvertures des portes, des fenêtres, la baie des cheminées. Au bord des boiseries, dans les rideaux déjà tout mangés, elles se traînaient, tombaient, volaient, grimpaient aux murs blancs avec une ombre gigantesque qui doublait leur laideur. Et toujours cette odeur épouvantable. À dîner, il fallut se passer d'eau. Les citernes, les bassins, les puits, les viviers[20], tout était infecté. Le soir, dans ma chambre, où l'on en avait pourtant tué des quantités, j'entendis encore des grouillements sous les meubles, et ce craquement

17. Brusque averse de printemps, souvent accompagnée de vent et de grêle.
18. Tirailleurs algériens (troupe d'infanterie).
19. Les soldats répandent un mince filet de poudre qu'il suffit d'enflammer à une extrémité.
20. Bassins où l'on élève des poissons.

d'élytres[21], semblable au pétillement des gousses[22] qui éclatent à la grande chaleur. Cette nuit-là non plus je ne pus pas dormir. D'ailleurs autour de la ferme tout restait éveillé. Des flammes couraient au ras du sol d'un bout à l'autre de la plaine. Les turcos en tuaient toujours.

Le lendemain, quand j'ouvris ma fenêtre comme la veille, les sauterelles étaient parties ; mais quelle ruine elles avaient laissée derrière elles ! Plus une fleur, plus un brin d'herbe ; tout était noir, rongé, calciné. Les bananiers, les abricotiers, les pêchers, les mandariniers se reconnaissaient seulement à l'allure de leurs branches dépouillées, sans le charme, le flottant de la feuille qui est la vie de l'arbre. On nettoyait les pièces d'eau, les citernes. Partout des laboureurs creusaient la terre pour tuer les œufs laissés par les insectes. Chaque motte était retournée, brisée soigneusement. Et le cœur se serrait de voir les mille racines blanches, pleines de sève, qui apparaissaient dans cet écroulement de terre fertile...

21. Ailes.
22. Enveloppes végétales des graines de certaines fleurs ou légumes (par ex. les petits pois).

Questions

Repérer et analyser

Le cadre

1 La couleur locale

On entend par couleur locale l'ensemble des éléments caractéristiques d'un pays, d'un lieu, d'une époque.

a. Dans quel pays la scène se déroule-t-elle ? Dans quelle région précise ?

b. Relevez quelques éléments qui relèvent de la couleur locale.

2 Relevez une indication donnée sur la saison.

Les événements racontés

3 **a.** Montrez, en vous appuyant sur les indications temporelles, que le narrateur raconte les événements dans l'ordre chronologique.

b. Combien de temps l'épisode raconté dure-t-il (du début à la fin du texte) ?

4 **a.** Quelle est la situation initiale (l. 1 à 26) ?

b. Relevez la phrase qui annonce qu'un événement inquiétant va se produire.

c. Quels sont les détails qui montrent que la journée est différente des autres (conditions météorologiques, comportement des hommes et des animaux, nourriture) ?

d. Quel événement se produit ? À partir de quelle ligne survient-il ?

e. Quels sont les différents moyens utilisés pour rétablir l'ordre ?

f. Quelle est la situation finale ?

La description

5 Relisez la description du paysage lignes 8 à 26. À quel moment de la journée ce paysage est-il décrit ? De quel endroit ? Par qui ?

6 Quelle image le narrateur donne-t-il de ce lieu ? Pour répondre :

– faites la liste des principaux éléments qui composent ce paysage ;

– relevez les notations visuelles (couleurs, lumières, formes), tactiles (chaleur, fraîcheur), gustatives et auditives (bruit ou absence de bruit) ;

– relevez les comparaisons et les métaphores : quels sont les éléments comparés ? à quoi sont-ils comparés ?

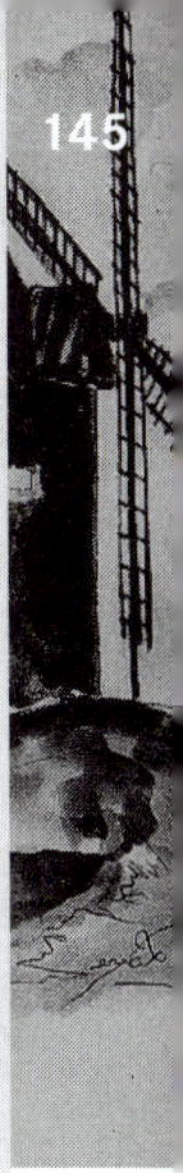

7 **a.** Comparez la description de la plantation au début et à la fin du récit. Est-elle faite au même moment de la journée ? En quoi le paysage a-t-il changé ? Appuyez-vous sur des termes précis.
b. Relevez, à la fin du texte, une phrase de type exclamatif et une phrase non verbale. Quel sentiment le narrateur exprime-t-il ?

La dramatisation

8 À quoi le narrateur compare-t-il la masse des sauterelles qui avance, lignes 67 à 79 ?
9 **a.** Quel est l'effet produit par les notations de bruit que vous relèverez dans les lignes 55 à 66 ? Quel est le but recherché ? La technique est-elle efficace ?
b. Relevez lignes 76 à 81 les termes qui prolongent l'image.
10 Quelle image le narrateur donne-t-il des sauterelles ? Pour répondre, relevez :
- les termes caractérisant les sauterelles (taille, couleur, pattes, ailes) ;
- les termes traduisant le dégoût qu'elles inspirent ;
- une accumulation de verbes lignes 98-99.

La visée

11 **a.** Quelles émotions et sentiments le narrateur cherche-t-il à susciter chez le lecteur ?
b. Quelles informations lui fournit-il en même temps sur l'Algérie ?
12 **a.** Quel sens donnez-vous à la dernière phrase ? En quoi le gâchis causé par les sauterelles est-il immense ?
b. Quel est le dernier mot du texte ? Annonce-t-il une note d'espoir ?

Se documenter

La conquête de l'Algérie et la colonisation

Au cours du XVIe siècle, l'Algérie était passée sous le contrôle de l'empire turc. Ses corsaires semaient la terreur en Méditerranée, rançonnant les bateaux et emmenant en esclavage les captifs. *Les Fourberies de Scapin* (Acte II, scène 7) y font allusion. De nombreuses expéditions françaises et anglaises avaient tenté d'y mettre bon ordre, mais en vain.

La conquête de l'Algérie par la France commença en 1830 (soit une trentaine d'années avant la rédaction des *Lettres de mon moulin*), à la suite d'un « incident diplomatique » : le dey (c'est-à-dire le représentant de l'empire turc en Algérie) avait frappé un dignitaire français d'un coup d'éventail, au cours d'une audience officielle ! Les derniers souverains français, Charles X et Louis-Philippe, envoient en Algérie des expéditions militaires commandées par les plus prestigieux généraux de l'époque : le duc d'Aumale, Mac-Mahon et Bugeaud (qui a inspiré la chanson populaire : « As-tu vu la casquette du père Bugeaud ? »). Ils se heurtent à forte partie : l'émir Abd el-Kader leur oppose une résistance farouche jusqu'en 1847. Indépendamment de ces combats en règle, de nombreuses insurrections populaires devaient se produire, tout au long du XIXe siècle, notamment en 1871. Néanmoins, en 1848, la Seconde République française avait déclaré que l'Algérie faisait partie du territoire français et l'avait divisée en trois départements : Alger, Oran et Constantine. Au lendemain de la Seconde Guerre mondiale, des mouvements nationalistes se firent jour dans le pays, réclamant l'indépendance. Celle-ci ne devait être effective qu'au terme de huit ans de guerre avec la France, de 1954 à 1962.

La colonisation

Au début de la conquête militaire de l'Algérie, de 1830 à 1848, la France n'avait pas le projet de faire du pays une colonie, c'est-à-dire un territoire sous son autorité politique et économique. La colonisation de l'Algérie commença non sur l'ordre du gouvernement, mais du fait de l'initiative privée, des hommes entreprenants achetant des terres aux occupants turcs ou maures pour y implanter des exploitations agricoles. C'est dans ces conditions, notamment, que commença à être colonisée la plaine de la Mitidja – une zone marécageuse infestée de moustiques, non loin de l'endroit où se situe le texte de Daudet. Séduit par les succès obtenus par cette poignée de « colons », l'État encouragea l'installation en Algérie de ressortissants français – notamment les ouvriers ou les paysans qui connaissaient en métropole des conditions économiques difficiles. De même, après la guerre de 1870, lorsque la France dut céder à la Prusse les régions de l'Est, beaucoup d'Alsaciens et de Lorrains choisirent de s'expatrier en Algérie pour

demeurer Français. Au moment où Daudet écrivait les *Lettres de mon moulin*, il y avait environ deux millions d'Algériens autochtones et 240 000 Européens : Français, mais aussi originaires de tous les pays du sud de l'Europe : Italie, Espagne… (le texte y fait allusion).
Ces apports de populations permirent la mise en valeur de vastes régions du sol algérien jusqu'alors laissées à l'abandon. La culture de la vigne et des agrumes obtint de beaux résultats, mais le pays restait peu industrialisé. Le plus souvent, les exploitations agricoles étaient très importantes, regroupant autour d'une famille de colons plusieurs dizaines d'ouvriers autochtones ou venus des pays riverains de la Méditerranée. Le texte de Daudet donne une assez juste idée de la vie de ces colons dans les régions agricoles de l'Algérie.

Bombardement d'Alger, le 5 juillet 1830.

Comparer

L'Exode et *Le Roman de la momie*

13 En décrivant l'invasion de la propriété de ses amis par un nuage de sauterelles, Daudet songeait vraisemblablement à un épisode biblique tiré du livre de l'*Exode*. Sans doute aussi avait-il lu *Le Roman de la momie* de Théophile Gautier qui était paru quelques années plus tôt, et où l'on trouve l'évocation d'une scène analogue. Lisez ces textes et comparez-les à la description de Daudet (l. 67 à 121).

a. Quelles ressemblances voyez-vous entre la façon dont les trois textes présentent l'arrivée des « sauterelles » ?

b. Quelles différences observez-vous ?

c. À quoi le texte biblique et celui de Gautier comparent-ils les sauterelles ? Retrouve-t-on ces comparaisons dans la description de Daudet ?

L'Exode

(Le pharaon d'Égypte a réduit le peuple d'Israël en esclavage. Pour obtenir sa libération, ses chefs, Moïse et son frère Aaron, menacent l'Égypte de toutes sortes de catastrophes naturelles : grêle, maladies, insectes… C'est ce qu'on appelle les « dix plaies d'Égypte ».)

Moïse et Aaron allèrent trouver Pharaon et lui dirent : « Ainsi parle Yahvé le Dieu des Hébreux : Jusqu'à quand refuseras-tu de t'humilier devant moi ? Laisse partir mon peuple, qu'il me serve. Si tu refuses de laisser partir mon peuple, dès demain je ferai venir des sauterelles sur ton territoire. Elles couvriront la surface du sol et l'on ne pourra plus voir le sol. Elles dévoreront le reste de ce qui a échappé, de ce que vous a laissé la grêle ; elles dévoreront tous vos arbres qui croissent dans les champs. Elles rempliront tes maisons, les maisons de tous tes serviteurs et les maisons de tous les Égyptiens, ce que tes pères et les pères de tes pères n'ont jamais vu, depuis le jour où ils sont venus sur terre, jusqu'à ce jour. » Puis il se retourna et sortit de chez Pharaon.

L'*Exode*, chapitre 10, versets 3-6,
trad. de la Bible de Jérusalem, éd. du Cerf, 1998.

Le Roman de la momie

Un vent du sud s'éleva et souffla toute la nuit, et lorsqu'au matin le jour parut, un immense nuage roux voilait le ciel d'un bout à l'autre ; à travers ce brouillard fauve, le soleil luisait rouge comme un bouclier dans la forge, et semblait dépouillé de rayons.
Ce nuage différait des autres nuages ; il était vivant, il bruissait et battait des ailes, et s'abattait sur la terre non en grosses gouttes de pluie, mais en bancs de sauterelles roses, jaunes et vertes, plus nombreuses que les grains de sable au désert libyque ; elles se succédaient par tourbillons, comme la paille que disperse l'orage ; l'air en était obscurci, épaissi ; elles comblaient les fossés, les ravines, les cours d'eau, éteignaient sous leurs masses les feux allumés pour les détruire ; elles se heurtaient aux obstacles et s'y amoncelaient, puis les débordaient. Ouvrait-on la bouche, on en respirait une ; elles se logeaient dans les plis des vêtements, dans les cheveux, dans les narines ; leurs épaisses colonnes faisaient rebrousser les chars, renversaient le passant isolé et le recouvraient bientôt ; leur formidable armée, sautelant et battant de l'aile, s'avançait sur l'Égypte, des Cataractes au Delta, occupant une largeur immense, fauchant l'herbe, réduisant les arbres à l'état de squelettes, dévorant les plantes jusqu'à la racine, et ne laissant derrière elle qu'une terre nue et battue comme une aire.

Extrait du *Roman de la momie*, de Théophile Gautier.

Lettres de mon moulin

Nostalgies de caserne

C'est par cette lettre que Daudet achève son recueil et que nous prendrons congé de lui.

Ce matin, aux premières clartés de l'aube, un formidable roulement de tambour me réveille en sursaut... Ran plan plan ! Ran plan plan !...

Un tambour dans mes pins à pareille heure !... Voilà qui est singulier, par exemple.

Vite, vite, je me jette à bas de mon lit et je cours ouvrir la porte.

Personne !... Le bruit s'est tu... Du milieu des lambrusques[1] mouillées, deux ou trois courlis[2] s'envolent en secouant leurs ailes... Un peu de brise chante dans les arbres... Vers l'orient[3], sur la crête fine des Alpilles, s'entasse une poussière d'or d'où le soleil sort lentement... Un premier rayon frise[4] déjà le toit du moulin. Au même moment, le tambour, invisible, se met à battre aux champs[5] sous le couvert[6]... Ran... plan... plan, plan, plan !

Le diable soit de la peau d'âne[7] ! Je l'avais oubliée. Mais enfin, quel est donc le sauvage qui vient saluer l'aurore au fond des bois avec un tambour ?... J'ai beau regarder, je ne vois rien... rien que les touffes de lavande, et les pins qui dégringolent jusqu'en bas sur la route... Il y a peut-être par là, dans le fourré, quelque lutin caché en train de se moquer

1. Vigne sauvage (voir p. 56, note 21).
2. Oiseau échassier migrateur.
3. À l'est (la scène se passe au lever du soleil).
4. Commence à toucher.
5. Le tambour interprète la musique « Aux champs », destinée à rendre les honneurs, notamment aux soldats morts au feu.
6. Il est caché par le feuillage.
7. La peau du tambour.

de moi… C'est Ariel, sans doute, ou maître Puck[8]. Le drôle[9] se sera dit, en passant devant mon moulin : « Ce Parisien est trop tranquille là-dedans, allons lui donner l'aubade[10]. »

Sur quoi, il aura pris un gros tambour, et… ran plan plan !… ran plan plan !… Te tairas-tu, gredin de Puck ! tu vas réveiller mes cigales. »

Ce n'était pas Puck.

C'était Gouguet François, dit Pistolet, tambour au 31e de ligne, et pour le moment en congé de semestre[11]. Pistolet s'ennuie au pays, il a des nostalgies, ce tambour, et – quand on veut bien lui prêter l'instrument de la commune – il s'en va, mélancolique, battre la caisse dans les bois, en rêvant de la caserne du Prince-Eugène[12].

C'est sur ma petite colline verte qu'il est venu rêver aujourd'hui… Il est là, debout contre un pin, son tambour entre ses jambes et s'en donnant à cœur joie… Des vols de perdreaux effarouchés partent à ses pieds sans qu'il s'en aperçoive. La férigoule[13] embaume autour de lui, il ne la sent pas.

Il ne voit pas non plus les fines toiles d'araignée qui tremblent au soleil entre les branches, ni les aiguilles de pin qui sautillent sur son tambour. Tout entier à son rêve et à sa musique, il regarde amoureusement voler ses baguettes, et sa grosse face niaise[14] s'épanouit de plaisir à chaque roulement.

Ran plan plan ! Ran plan plan !…

« Qu'elle est belle, la grande caserne, avec sa cour aux larges dalles, ses rangées de fenêtres bien alignées, son peuple

8. Un lutin et une petite créature mythologique qui aime jouer des farces aux humains. Ariel et Puck sont deux personnages de pièces de Shakespeare.
9. Garnement (expression méridionale).
10. Morceau de musique qu'on joue à l'aube en général sous les fenêtres de sa bien-aimée.
11. Il appartient au 31e régiment d'infanterie (qui combat en ligne), et il a quelques jours de permission tous les semestres.
12. Célèbre général autrichien d'origine française (1663-1736), qui a donné son nom à la caserne du soldat Pistolet.
13. Ou *farigoule* : le thym.
14. Peu intelligente.

en bonnet de police[15], et ses arcades[16] basses pleines du bruit des gamelles !... »

Ran plan plan ! Ran plan plan !...

« Oh ! l'escalier sonore, les corridors peints à la chaux, la chambrée[17] odorante, les ceinturons qu'on astique, la planche au pain, les pots de cirage, les couchettes de fer à couverture grise, les fusils qui reluisent au râtelier ! »

Ran plan plan ! Ran plan plan !...

« Oh ! les bonnes journées du corps de garde[18], les cartes qui poissent aux doigts, la dame de pique hideuse avec des agréments à la plume, le vieux Pigault-Lebrun[19] dépareillé qui traîne sur le lit de camp !... »

Ran plan plan ! Ran plan plan !...

« Oh ! les longues nuits de faction à la porte des ministères, la vieille guérite[20] où la pluie entre, les pieds qui ont froid !... les voitures de gala qui vous éclaboussent en passant !... Oh ! la corvée supplémentaire[21], les jours de bloc[22], le baquet puant[23], l'oreiller de planche, la Diane[24] froide par les matins pluvieux, la retraite[25] dans les brouillards à l'heure où le gaz s'allume, l'appel du soir où l'on arrive essoufflé[26] ! »

Ran plan plan ! Ran plan plan !

« Oh ! le bois de Vincennes[27], les gros gants de coton blanc, les promenades sur les Fortifications[28]... Oh ! la barrière

15. Ou *calot*: coiffure militaire en tissu souple.
16. Sorte de galerie couverte à l'intérieur de la caserne.
17. Petit dortoir pour un groupe de soldats.
18. Groupe de soldats chargés de garder un bâtiment.
19. Écrivain français (1753-1832) dont les romans eurent beaucoup de succès au XIXe siècle. Le livre dont il est question faisait partie d'une série, mais les autres volumes ont été perdus.
20. Sorte d'abri pour le soldat placé en sentinelle devant un bâtiment.
21. Un soldat puni doit parfois accomplir plus que sa part des corvées.
22. Prison militaire.
23. Le baquet d'eau plus ou moins propre dans lequel il doit se laver, en prison.
24. Sonnerie de clairon pour réveiller les soldats, le matin.
25. Le retour à la caserne.
26. Il a dû courir pour ne pas être considéré comme absent au retour de son temps libre.
27. Où il se promène pendant ses temps libres.
28. À l'époque, Paris était entouré de murailles.

de l'École[29], les filles à soldats, le piston du Salon de Mars[30], l'absinthe[31] dans les bouis-bouis[32], les confidences entre deux hoquets, les briquets qu'on dégaine, la romance sentimentale[33] chantée une main sur le cœur !... »

Rêve, rêve, pauvre homme ! ce n'est pas moi qui t'en empêcherai... ; tape hardiment sur ta caisse, tape à tours de bras. Je n'ai pas le droit de te trouver ridicule.

Si tu as la nostalgie de ta caserne, est-ce que, moi, je n'ai pas la nostalgie de la mienne ?

Mon Paris me poursuit jusqu'ici comme le tien. Tu joues du tambour sous les pins, toi ! Moi, j'y fais de la copie... Ah ! les bons Provençaux que nous faisons ! Là-bas, dans les casernes de Paris, nous regrettions nos Alpilles bleues et l'odeur sauvage des lavandes ; maintenant, ici, en pleine Provence, la caserne nous manque, et tout ce qui la rappelle nous est cher !...

Huit heures sonnent au village. Pistolet, sans lâcher ses baguettes, s'est mis en route pour rentrer... On l'entend descendre sous le bois, jouant toujours... Et moi, couché dans l'herbe, malade de nostalgie, je crois voir, au bruit du tambour qui s'éloigne, tout mon Paris défiler entre les pins...

Ah ! Paris ! ... Paris !... Toujours Paris !

29. Autre lieu de promenade : la barrière désignait alors une des portes dans les fortifications de Paris.
30. Pour visiter une foire ou une exposition (salon), il lui faut parfois la recommandation (piston) d'un officier.
31. Boisson fortement alcoolisée à l'anis.
32. Cafés-restaurants de très mauvaise qualité.
33. Chanson d'amour.

Repérer et analyser

Le cadre

1 **a.** À quel moment de la journée cette scène se déroule-t-elle ?
b. Par quel bruit le narrateur a-t-il été réveillé ?

Le narrateur et le personnage de Pistolet

2 Dans quelle ville la caserne de Pistolet se trouve-t-elle ? Que fait-il en Provence ?

3 **a.** Pour quelle raison Pistolet joue-t-il du tambour ? Quel est son état d'esprit ?
b. Est-il sensible aux beautés de la nature provençale ? Justifiez votre réponse.

4 **a.** À partir de quelle ligne du récit le narrateur se glisse-t-il dans le personnage de Pistolet pour retranscrire ses pensées ?
b. Relevez page 150 l'onomatopée qui rythme le texte. Quel est son rôle ?
c. Repérez les passages du texte dans lesquels le narrateur imagine les souvenirs de caserne de Pistolet. Quels détails sont grossiers ou désagréables ?

5 À partir de quelle ligne le narrateur s'adresse-t-il à Pistolet ? En quoi se sent-il proche de lui ? Appuyez-vous pour répondre sur une phrase précise.

Paris et la Provence

6 Comparez le paysage décrit dans les lignes 8 à 20 au paysage décrit dans la première lettre (« Installation », p. 20, l. 30 à 37). Quels éléments retrouvez-vous ?

7 **a.** Relevez dans cette dernière lettre les détails qui caractérisent le paysage provençal : appuyez-vous pour répondre sur les notations de lumière, de couleur, de bruits, de parfums.
b. Quelle image le narrateur donne-t-il de ce paysage ?

8 **a.** « Tu vas réveiller mes cigales » (l. 26-27) : quelle est la valeur du déterminant possessif ? Quel rapport le narrateur entretient-il avec la Provence ?
b. Montrez, en citant le texte, que le narrateur a aussi une très forte nostalgie de Paris. Par quels procédés exprime-t-il cette nostalgie ? Appuyez-vous pour répondre sur le lexique, les types de phrases et la valeur du déterminant possessif dans l'expression « mon Paris » (l. 80).

La visée

9 **a.** Quel est le double sens du titre de la lettre : « Nostalgies de caserne » ?
b. Pour quelle raison, selon vous, Daudet a-t-il choisi de clore son ouvrage par cette lettre ?

Écrire

Écrire une lettre

10 Vous avez la nostalgie d'un lieu qui vous manque. Vous faites part de vos sentiments dans une lettre que vous écrirez à un ami ou une amie.

Questions de synthèse

Lettres de mon moulin

Le moulin

1 **a.** L'acte de vente qui ouvre le recueil est-il véridique ou fantaisiste ? Justifiez votre réponse.
b. Daudet est-il véritablement propriétaire du moulin ?

2 Quels sont les éléments qui constituent le paysage à l'entour du moulin ?

Le genre de l'œuvre

3 Sous quelle forme et dans quel type d'écrit les *Lettres de mon moulin* ont-elles été publiées à l'origine ?

4 Quels sont les textes qui apparaissent comme de véritables lettres ? Lesquels se présentent comme des contes ? Lesquels comme des témoignages ? Lesquels comme des ballades ? Justifiez à chaque fois votre réponse.

L'énonciation

5 **a.** Dans quelles lettres Daudet :
- est-il acteur de ce qu'il raconte ?
- est-il témoin ?
- introduit-il un récit encadré ? Qui sont les narrateurs seconds à qui il confie la charge de raconter l'histoire ?

b. Quel est l'effet produit dans chacun des cas ?

Le cadre

6 **a.** Quelles sont les lettres qui ont pour cadre la Provence et dont l'action se déroule à l'époque de Daudet ?
b. Quelles sont celles dont l'action se déroule à une autre époque ou dans un autre cadre ?

Les personnages

7 **a.** Faites la liste des principaux personnages des *Lettres de mon moulin*.

b. Quelle est la condition sociale de la plupart d'entre eux ? Quels sont les différents métiers représentés ?

c. Quels personnages ont un sort particulièrement malheureux ?

8 **a.** Quels sont les animaux qui apparaissent dans les lettres ?

b. Lesquels sont personnifiés ? Quelle image le narrateur donne-t-il d'eux ?

c. Quelle est la lettre qui présente les animaux comme néfastes ?

La Provence et Paris

9 **a.** Quels sont les éléments caractéristiques de la Provence que l'on retrouve dans ces lettres ?

b. Montrez, en citant des exemples, que lorsque Daudet évoque la Provence, tous les sens sont sollicités. Quelle image en donne-t-il ?

c. Quelle image Daudet donne-t-il de Paris dans la première lettre ? et dans la dernière ?

Les autres thèmes des lettres

10 Retrouvez les lettres qui traitent des dangers de la liberté, de la dignité humaine, de l'amour malheureux, de la nostalgie, de la mort, de la vengeance.

Le registre et la visée

11 Quelles lettres ont une fin tragique ? Lesquelles sont plutôt amusantes ?

12 Quels différents sentiments avez-vous éprouvés à la lecture de ces lettres ?

S'exprimer à l'oral

13 **a.** Choisissez dans le recueil une lettre que vous avez particulièrement aimée. Lisez-la à haute voix à la classe, en mettant le ton qui convient. Vous pouvez la lire à plusieurs et vous répartir les rôles (narrateur, différents interlocuteurs des parties dialoguées…).

b. Vous direz ensuite pourquoi vous avez choisi de lire cette lettre.

Index des rubriques

Repérer et analyser

Découvrir les écrivains de la Provence

Écrire

Étudier la langue

Se documenter

Enquêter

Comparer

Table des illustrations

Iconographie : Hatier Illustration / Christine Charier

Graphisme : Mecano-Laurent Batard

Mise en page : ALINÉA

Dépôt légal n° 45002 - Janvier 2009

Imprimé en France par CPI - Hérissey à Évreux (Eure) - N° 110305